L'été américain

Du même auteur

POÉSIE

*Les Poèmes : 1955-1975*, Grasset, 1977
*Cinquante toiles pour un espace blanc*, Grasset, 1981
*Les vingt-cinq heures du jour*, Grasset, 1987
*La main de feu*, Grasset, 1993
*Anthologie personnelle*, Actes Sud, 1997

ROMANS

*La Forêt blanche*, Grasset, 1969
*Un bon sauvage*, Grasset, 1972
*L'Homme de sable*, Grasset, 1975
*Les Sabots rouges*, Grasset, 1979
*Le Lézard grec*, Grasset, 1984
*Les Enfants de Noé*, L'École des Loisirs, 1987
*Mademoiselle Blanche*, Grasset, 1990
*Le Pays hors du monde*, L'École des Loisirs, 1991
*À la recherche du rat-trompette*, L'École des loisirs, 1993
*Une Embellie*, Actes Sud 1996

NOUVELLES

*L'assistant français*, Éd. Entailles-Philippe Nadal, 1988

ENFANTS

*Hibou blanc et souris bleue*, L'École des Loisirs, 1978
*Mystère à Papendroch*, L'École des Loisirs, 1982
*Histoires de la forêt profonde*, L'École des Loisirs, 1984
*Poèmes de la lune et de quelques étoiles*, L'École des Loisirs, 1992
*Bongrochagri*, Éditions Grandir, Orange, 1994
*La pie Magda, belle brigande*, L'École des Loisirs, 1995
*Le chien qui savait lire*, L'École des Loisirs, 1996
*L'Amitié des bêtes*, poèmes, L'École des Loisirs, 1997

Jean Joubert

# L'été américain





Médium
11, rue de Sèvres, Paris 6e

*Loi n° 49.956 du 16 juillet 1949 sur les publications destinées à la jeunesse: septembre 1998*
*Dépôt légal: septembre 1998*
Imprimé en France par Bussière Camedan Imprimeries
à Saint-Amand-Montrond
N° d'édit. : 2695. N° d'imp. : 983700/1.

À cette époque, il me semble que les étés étaient plus chauds, les hivers plus rudes, les jours et les années plus longs, et bien sûr c'était la guerre: une guerre qui n'en finissait pas. Et moi, je me souviens que, tout gosse que j'étais, je me répétais: on n'en sortira donc jamais! Est-ce que nous aurons toujours faim et peur? Est-ce que nous ne vivrons pas, un jour, dans un pays où tout est calme et souriant?

Les années passaient et c'était de pire en pire. Mais c'est au début de 1944 que tout est devenu plus noir encore: un froid affreux, la neige, un printemps pourri et, chaque nuit, ces bombardiers qui défilaient au-dessus de nos têtes comme si cent trains de marchandises avaient roulé dans le ciel interminablement: des forteresses volantes américaines, on disait, qui allaient pilonner l'Allemagne, mais on ne pouvait pas s'empêcher de penser qu'une nuit ou l'autre leurs bombes seraient pour nous.

On entendait leur grondement, d'abord lointain, du côté de la forêt, puis de plus en plus violent quand ils arrivaient au-dessus de nous. Bientôt tout le ciel était pris, et il n'y avait plus qu'à prier pour qu'ils continuent leur route et nous épargnent.

Je vivais avec mon père et ma mère dans l'une des petites maisons d'un quartier ouvrier de la banlieue de Montargis, entre les usines et la gare de triage. C'est leur présence bien sûr qui faisait peur, au début surtout, et, la première fois que ces avions étaient passés, nous étions sortis dans la rue au milieu de la nuit, à moitié vêtus. Mon père disait : « Cette fois, c'est pour la gare ! », nous marchions très vite, j'avais le cœur battant, et ma mère me serrait contre elle.

Des gens affolés, comme nous, couraient sur les trottoirs, et eux aussi disaient : « C'est pour la gare ! », mais, de l'autre côté, il y avait des usines. La lune s'était levée, on voyait leurs grandes cheminées sur la colline, au-delà du canal, et tout à coup on se demandait si ce n'était pas plutôt elles, les usines, qui seraient visées. Puis une fusée a illuminé tout le ciel, quelqu'un a crié : « C'est le signal, couchez-vous ! », et nous nous sommes retrouvés à plat ventre sur le trottoir à trembloter en attendant la tempête. Mais la fusée s'est éteinte et les avions ont continué de passer en écrasant le ciel. Quand je me suis relevé, je me rappelle que la lune, ronde et blanche, luisait comme un œil géant juste derrière la plus haute des cheminées.

Comme ce vacarme recommençait pratiquement toutes les nuits, mon père décida qu'il était idiot de courir les rues, et qu'il fallait aménager un abri. Il y avait sous la maison une cave qu'il étaya avec des poutres et des chevrons pour la rendre plus solide, au cas où les murs s'écrouleraient. Ensuite il y installa deux paillasses, un vieux fauteuil, des conserves, un réservoir plein d'eau, une lampe à pétrole, des pelles et une pioche. Tout cela, il avait dû l'apprendre quand il était soldat pendant la guerre de 1914. Je l'aimais bien cet abri, c'était comme une cabane qui sentait la terre et la résine, mais j'avais des doutes sur son efficacité. Je nous imaginais sous la maison effondrée, menacés d'étouffement et piochant dans les décombres avec frénésie pour essayer de nous dégager.

Dès que les sirènes sonnaient l'alerte avec ce long hurlement modulé qui nous réveillait en sursaut, nous descendions dans l'abri, et là, blottis sous des couvertures, nous attendions en silence que les monstres soient passés. Parfois, quand l'alerte durait, je finissais par m'endormir.

Dans la journée, c'était des avions plus petits qui de temps à autre surgissaient: des anglais, on disait. Ils tournaient dans le ciel, piquaient brusquement du nez, lâchaient quelques bombes ou mitraillaient les trains sur la ligne de Paris. Assez précis, ils me faisaient moins peur que les forteresses de la nuit qui, elles, écrasaient les villes au hasard, en Allemagne bien sûr, mais aussi en France, et, à Radio Paris, on parlait de centaines de morts, et on disait que les Américains étaient des assassins. Les avions allemands, eux, on ne les voyait plus guère: les fameux stukas qui nous avaient terrorisés, quelques années plus tôt, en 1940. Ils étaient devenus rares, et ceux qui restaient, sans doute qu'ils avaient à faire ailleurs.

Le printemps était arrivé. Il faisait jour quand je me levais, l'œil vague, encore somnolent, surtout quand j'avais passé une partie de la nuit dans la cave. Mais mon père, lui, était déjà dans le potager à bêcher ou à sarcler avant de partir au travail. Je le voyais par la fenêtre de la cuisine, dans la lumière du matin, et parfois, appuyé au manche de sa bêche, il fumait sa première cigarette. Il y avait, au petit jour, un instant de paix que je sentais à la fois merveilleux et fragile, et je me répétais: «Ah, que cette guerre finisse!» Derrière moi, ma mère remuait des casseroles, et elle préparait les tartines de pain noir et le breuvage d'orge grillé qui, en ce temps de pénurie, remplaçait le café.

«Dépêche-toi! disait-elle. Tu vas être en retard.» Les sirènes des usines retentissaient, puis celle du dépôt de locomotives, mais ce n'était pas le mugissement sinistre des alertes. Des ouvriers passaient dans la rue comme des ombres. Leur silence toujours m'étonnait, et j'y voyais un signe de fatigue et de tristesse.

Puis nous prenions nos vélos sous l'appentis et nous partions, chacun de son côté, mon père à l'usine, ma mère au bureau de poste et moi au collège où, ce printemps-là, je terminais ma quatrième. Il y avait trois bons kilomètres jusqu'à Montargis, je connaissais le trajet par cœur, et je pédalais vigoureusement, mon cartable ficelé sur le porte-bagages. La sentinelle allemande, l'arme au pied, montait la garde devant la Kommandantur; parfois je croisais une troupe de soldats qui, au pas cadencé, devaient se rendre au champ de tir.

Le soir dans la cuisine, on écoutait Radio

Londres après avoir fermé les volets et les rideaux de la défense passive. Comme c'était interdit, il fallait baisser le son et coller l'oreille contre le poste où une voix nasillait à travers le vacarme du brouillage : « Ici Londres, les Français parlent aux Français. » Ensuite on arrivait tant bien que mal à saisir quelques bribes d'informations qu'il fallait mettre bout à bout comme un puzzle. L'émission se terminait par une ritournelle que le speaker chantonnait d'une voix goguenarde :

*« Radio Paris ment,*
*Radio Paris ment,*
*Radio Paris est allemand. »*

Une fois, une patrouille allemande avait frappé aux volets, et nous avions eu la peur de notre vie. Mais ils en voulaient seulement à la lumière qui filtrait à travers un rideau mal tiré.

C'est comme ça que nous avons appris, au début de juin, que les Américains et les Anglais avaient débarqué en Normandie et que, sur les plages, ils consolidaient leur tête de pont. Tandis qu'à Vichy Pétain continuait de chevroter, de Gaulle envoyait d'Alger des messages d'espérance. Enfin, tout allait changer ! Bientôt on serait libres, on aurait de quoi manger, et on n'entendrait plus ces maudits avions. Il y avait, comme toujours, des messages mystérieux: des choses comme «Le crocodile a les yeux bleus», «Les carottes ne sont pas cuites» ou «Les sanglots longs des violons de l'automne bercent mon cœur d'une langueur monotone». Verlaine, j'aimais bien, mais je me demandais ce qu'il venait faire là-dedans. Qu'est-ce que ça pouvait bien signifier? Et qui les déchiffrait, ces messages?

Le mois de juin s'achevait. En Normandie, la tête de pont s'était élargie, elle tenait, mais la situation semblait bloquée. Les avions passaient de plus belle: les forteresses volantes, la nuit, et, le jour, les petits bombardiers qui continuaient de mitrailler et de pilonner les trains et les ponts. Les alertes se succédaient, et nous n'en finissions plus de nous précipiter dans notre abri.

Quant aux Allemands, ils étaient nerveux, ils avaient déployé des chevaux de frise devant la Kommandantur et triplé les sentinelles. Moi, sur ma bicyclette, je passais au large et les observais du coin de l'œil.

À la mi-juillet, il n'y avait toujours rien de vraiment nouveau, et je recommençais à me dire que cette guerre ne s'arrêterait jamais. Le collège était fermé et je restais seul toute la journée à la maison ou dans l'abri, à lire des romans qui me faisaient un peu oublier notre misère.

Pourtant, vers la fin du mois, la radio annonça que les Américains avaient attaqué avec succès en Bretagne et aussi en direction de la Loire. Une armée remontait vers Orléans.

Un jour ou l'autre, nous risquions de nous trouver sur le champ de bataille. Déjà des bombes étaient tombées, un matin, sur la place, et un train de marchandises avait brûlé dans la gare.

Je suppose que c'est ce qui décida mes parents à m'envoyer à la campagne, où je serais en sécurité.

– J'ai écrit aux Marceau pour leur demander s'ils pouvaient te prendre à la ferme, me dit mon père. Ils sont d'accord, tu seras tranquille là-bas et tu leur donneras un coup de main. Qu'est-ce que tu en penses?

– Ça me plaît. Mais vous, vous allez rester ici?

– Que veux-tu, il le faut bien! Le travail! On ira peut-être te rejoindre plus tard. On verra comment les choses tournent.

– Quand est-ce que je peux partir?

– Demain. Mieux vaut ne pas attendre. J'ai l'impression que ça va chauffer d'ici peu.

Les Marceau, je les connaissais bien, car,

depuis le début de la guerre, nous allions y chercher du ravitaillement : du beurre, du lait, des pommes de terre, du blé qui, après avoir été moulu dans un vieux moulin à café, donnait une farine grossière. Grâce à eux et à notre jardin, nous n'avions pas trop souffert pendant ces années de famine.

Ils habitaient dans un endroit perdu, du côté de Monvert : une grande ferme, la Frissonière, au bord d'un mauvais chemin où ne passait pour ainsi dire personne ; et alentour il n'y avait que des champs clôturés de haies, avec des rangées de pommiers et çà et là des boqueteaux touffus, sombres comme de l'encre.

À part une ferme, de l'autre côté du chemin, mais qui tournait le dos à celle des Marceau, pas une maison en vue. Eux et leurs voisins, les Rousson, ne se parlaient pas : d'obscures histoires de bornes déplacées, de troupeaux mal gardés, qui devaient remonter aux ancêtres. On ne savait pas comment ça avait commencé, mais la vieille haine couvait comme un feu sous la cendre et de temps en temps se remettait à flamber. On s'injuriait d'un champ à l'autre, les femmes surtout, qui avaient de la voix et du vocabulaire, puis chacun retournait à ses occupations. «Des pas grand-chose!» disait le père Marceau. «Menteurs, voleurs, jaloux!» Berthe, sa femme, renchérissait: «Et avec ça, toujours fourrés chez les curés!» car les Marceau étaient des rouges, communistes, anarchistes, je ne savais pas trop, mais c'est comme ça que mon oncle et mon père les avaient connus, avant la guerre, dans quelque réunion. Ce n'était pas fréquent à la campagne, d'autant plus qu'ils étaient loin d'être pauvres puisqu'ils possédaient cette ferme, quarante hectares, quatre chevaux, une vingtaine de vaches et toute la volaille que l'on pouvait imaginer.

Ils vivaient donc à la Frissonière avec leurs deux filles et un charretier. Tous travaillaient dur, du matin au soir, avec une espèce de violence. Si Marceau était plutôt taciturne, les femmes en revanche avaient la langue bien pendue. Elles plaisantaient, discutaient et parfois se querellaient, faisant alors un tel bruit que Marceau donnait un brusque coup de poing sur la table et criait, l'air féroce: «Ça suffit, les femelles!» ramenant aussitôt le silence.

Solange avait dix-huit ans, Gisèle quatorze: deux filles blondes, robustes, le teint hâlé par le vent et le soleil, un corps ferme dans la robe-sac qu'elles portaient été comme hiver, avec aux pieds des sabots ou des bottes. Elles me plaisaient bien toutes les deux. Solange était la plus gentille, mais trop vieille pour moi, et plus ou moins fiancée. Quant à Gisèle, qui avait mon âge, c'était une espèce de sauvageonne que j'aurais bien aimé apprivoiser. Elle ne ressemblait certes pas aux héroïnes romantiques de mes livres favoris, dont je rêvais avec un mélange de fascination et de crainte. Mais elle avait d'autres charmes et une présence physique, une sorte de grâce animale qui me troublaient.

À quatorze ans, je ne savais pas grand-chose des filles, et même pour ainsi dire rien, car, à cette époque, on ne les mélangeait pas avec les garçons sur les bancs des écoles, et, en dehors de lointaines cousines brièvement entrevues, j'avais peu d'occasions de les approcher. Si les romans m'avaient plus ou moins initié à la psychologie périlleuse des passions, je n'avais guère disposé que des planches du *Petit Larousse* consacrées à la peinture pour découvrir les formes féminines trop souvent, hélas !, à demi voilées. Avec Gisèle, j'aurais volontiers poussé plus loin la découverte. Mais elle était lunatique, imprévisible, passait du sourire à l'ironie, avait l'esprit comme un hérisson, et, certains jours, s'il m'arrivait de la frôler, une brusque tape sur le bras me dissuadait de recommencer.

Depuis quelques années, je venais de temps en temps à la Frissonière, seul ou avec mon père, pour y chercher du ravitaillement, que nous rapportions sur les porte-bagages de nos vélos, en priant pour ne pas tomber sur une patrouille de gendarmes ou, pire encore, sur des Allemands. De son côté, mon père apportait des pneus de vélo, des chambres à air ou des bottes de caoutchouc de « deuxième choix » qu'il se procurait à bon marché à l'usine parce qu'ils avaient de petits défauts. Le troc allait bon train à cette époque-là, chacun y trouvait son compte, on survivait comme on pouvait.

Mon père et moi, on ne faisait que passer : le temps pour lui de régler ses affaires dans la cuisine et de boire un verre de cidre, pendant que, dans l'étable, je chahutais un peu avec les filles. C'est dire que, les mois passant, je commençais à les connaître, et l'odeur de lait et de foin dans leurs cheveux.

– Tiens, voilà le collégien ! criait Gisèle, d'un air malicieux. Il a de petits yeux, il a lu trop de livres !

– Tais-toi donc ! disait l'autre en riant.

Je leur donnais un coup de main pour garnir les râteliers ou étendre la litière. J'aimais bien cette étable, sa tiédeur, la rumeur des bêtes et le vol feutré des hirondelles qui nichaient entre les poutres. Là, pendant quelques instants, j'oubliais la guerre, les alertes et les bombes.

Enfin mon père m'appelait dans la cour :

– Eh, Jean, on s'en va !

Je m'arrachais à toute cette douceur. Je posais un baiser, du bout des lèvres, sur la joue de Solange, mais Gisèle se débattait un peu, et parfois elle détournait brusquement la tête comme une gamine capricieuse ; alors c'était ses cheveux que ma bouche frôlait.

C'était donc là que mes parents avaient pensé à m'envoyer, parce qu'ils craignaient le pire en cette fin de juillet où la guerre s'était soudain envenimée.

– On partira demain, à bicyclette, dit mon père. C'est samedi, je ne travaille pas. Je t'accompagnerai et j'en profiterai pour rapporter du beurre.

On est donc partis tôt, le lendemain matin, avant la chaleur, et ma mère m'a serré très fort comme si nous ne devions plus nous revoir. Je n'aimais vraiment pas ce genre d'effusions, les yeux humides, les larmes dans la voix. Après tout, je serais à une vingtaine de kilomètres de la maison et mes parents pourraient venir me voir de temps à autre; il n'y avait pas de quoi faire des histoires. «Mange bien, disait-elle. Ne te fatigue pas trop. Sois poli avec les Marceau!» et des tas de recommandations du même genre. Dans la cour, mon père gonflait les pneus de nos vélos. Il s'était levé à l'aube pour arroser, et, du jardin, montait une bonne odeur de terre humide. Un merle sifflait dans les lilas. Je voyais au-dessus de l'appentis un ciel bleu-mauve, sans nuages. Il n'y avait pas eu d'alerte cette nuit-là, nous avions pu enfin dormir et je me sentais reposé.

– Allez, on y va! a dit mon père. Et, se tournant vers ma mère: je rentrerai vers midi.

– Demande-leur un peu de blé et des œufs.

Ah, soyez prudents ! Si vous voyez des avions, cachez-vous. Il paraît qu'ils mitraillent les routes.

Puis elle m'a dit :

– Tu m'écriras, tu me donneras des nouvelles. Promis ?

J'ai promis.

Tout était calme dans la ville. Il y avait dans les rues une belle lumière limpide. Les volets commençaient à s'ouvrir, les cheminées fumaient, on apercevait dans les cuisines des femmes en robe de chambre à fleurs qui préparaient le petit déjeuner. On aurait pu croire que la paix était revenue, mais les sentinelles étaient toujours là derrière leurs barbelés, et, plus loin, nous avons croisé une petite troupe qui sortait des casernes, suivie de deux chariots traînés par des chevaux.

– Tu as vu ? Ils ne sont pas jeunes, ces types, a dit mon père. Les jeunes doivent être au front, si toutefois il en reste ! Et puis ils manquent d'essence.

– Tu crois qu'elle va encore durer longtemps, cette guerre ?

– Je ne sais pas, mais ça bouge maintenant. Il paraît que les Américains avancent toujours en Bretagne, et qu'il y a une autre armée qui vient dans notre direction.

Nous suivions une petite route qui se faufilait à travers la campagne et nous roulions côte à côte car les voitures étaient rares. C'est tout juste si on rencontrait une auto à gazogène ou une charrette paysanne haut perchée sur ses roues. Là aussi tout était tranquille : des oiseaux voletaient dans les pommiers au bord de la route, des vaches ruminaient couchées dans l'herbe des prairies, et les chaumes des champs de blé moissonnés luisaient au soleil. Il commençait à faire chaud. Mon père avait relevé sur son front la visière de sa casquette, il pédalait plus lentement, le bas de son pantalon serré avec des pinces, et parfois il tirait son mouchoir pour s'éponger la nuque.

Nous nous sommes arrêtés un instant à l'ombre d'un bois pour souffler un peu. Des grillons crissaient dans les talus ; on entendait sur la cime des arbres des roucoulements de tourterelles.

Nous avons fini par reprendre notre route, et, un peu plus loin, nous sommes tombés sur trois véhicules incendiés, sur le bas-côté : un camion et deux voitures, aux carrosseries noircies et percées de balles. Ils avaient dû être repérés et mitraillés par l'un de ces avions anglais qui depuis des semaines harcelaient les convois et les trains. Joli travail ! Les Allemands avaient sans doute déguerpi en emportant ce qu'ils pouvaient. Une valise dégorgeait des lettres à demi brûlées, que mon père remuait délicatement de la pointe de son soulier. Je ramassai une feuille ; je revois encore la grosse écriture à l'encre violette, aux lettres élégantes, bien formées : « *Mein Schatz. Es ist mir so bange...* »

– Qu'est-ce que ça veut dire ? demanda mon père.

J'avais commencé à étudier l'allemand au collège. J'ai traduit : « Mon trésor. Je suis tellement inquiète... »

Mon père hochait la tête, il continuait de fureter dans les cendres.

– Pauvre fille ! Peut-être que son trésor s'est fait tuer comme ça bêtement, au coin d'un bois. La guerre, ça n'est drôle pour personne, à part les brutes qui y trouvent plaisir et d'autres qui y ont intérêt. Tu vois, c'est toujours le peuple qui trinque !

Il était comme ça, mon père : anarchiste au fond du cœur, et il rêvait de la fraternité des peuples, même si l'heure ne s'y prêtait pas vraiment.

On est arrivés à la Frissonière vers les dix

heures. Les deux fermes étaient là, de part et d'autre du chemin, et, une fois de plus, j'ai eu l'impression qu'elles se tournaient le dos et qu'elles avaient été bâties de cette façon volontairement, comme si la querelle avait précédé leur construction.

J'ai dit à mon père :

– On croirait qu'elles boudent, tu ne trouves pas ?

– C'est bien vrai ! a-t-il dit. Comme les gens sont bizarres ! Ils sont là ensemble dans ce désert et ils ne peuvent pas se souffrir.

Les vaches mugissaient dans les étables. Un vol d'hirondelles passa au-dessus des toits. Le soleil était maintenant haut dans le ciel et il faisait vraiment chaud.

Vue du chemin, la Frissonière ressemblait à une forteresse. Au-delà d'une bande de terre en friche s'élevaient d'un seul tenant le cellier, l'écurie et l'étable, dont l'arrière n'était qu'une longue muraille, presque aveugle, percée de rares ouvertures, étroites comme des meurtrières. À gauche, en équerre, la maison d'habitation, un rez-de-chaussée surmonté d'un grenier couvert d'ardoise. Sur la droite, la porcherie, le hangar et les poulaillers. Tous ces bâtiments protégeaient des vents et des regards une vaste cour, au milieu de laquelle une mare, bordée de quelques saules, servait d'abreuvoir au troupeau. Un seul côté s'ouvrait sur la campagne, un parc clôturé pour le bétail et la lisière d'un bois.

Lorsque nous sommes entrés dans la cour, deux chiens se sont précipités vers nous en aboyant, tandis que des poules s'enfuyaient devant nos bicyclettes.

Sur le seuil de l'écurie, Marceau et Albert, le charretier, étaient occupés à ferrer un cheval. Marceau tenait à deux mains la jambe de l'animal, et le charretier enfonçait les clous à grands coups de marteau.

– Salut ! a dit Marceau. Un petit moment. On finit, et je suis à vous.

Puis, donnant une tape sur la croupe du cheval qui s'agitait :

– Oh là, Robespierre. Du calme !

J'ai demandé :

– Ça ne lui fait pas mal, ces clous ?

– Pas du tout, il ne sent rien ; la corne est épaisse dans le sabot.

– Il s'appelle Robespierre, votre cheval ?

– Oui, et l'autre, là-bas, Marat. Ça te dit quelque chose ? Tu l'as étudiée, en classe, la

Révolution ? Oui ? Moi aussi, tu vois, mais ce n'est pas d'hier !

Puis, se retournant vers mon père :

– Quoi de neuf? Comment ça va, en ville ?

– On a des alertes presque toutes les nuits à cause des forteresses volantes, a dit mon père. Heureusement on n'a pas l'air de les intéresser, mais c'est de jour que des avions viennent bombarder et mitrailler. À propos, vous savez qu'il y a trois carcasses de voitures sur la route de Monvert ?

– Oui, ça s'est passé mercredi dernier, on a vu de la fumée. Et les Allemands, à Montargis, qu'est-ce qu'ils font ?

– Pour l'instant, ils ne bougent pas.

– On dit qu'ils réquisitionnent les chevaux. Vous en avez entendu parler ?

– Non, mais c'est vrai qu'ils ont l'air de manquer d'essence.

– Ils m'en ont déjà pris deux l'an dernier. S'ils emmenaient les deux qui me restent, avec quoi on ferait le travail ? Heureusement la moisson est rentrée, mais dans la prairie il y a des regains qui pressent. Déjà que ma faucheuse est en panne !

Il avait lâché la jambe de Robespierre, et il lui flattait l'encolure.

– Satanée guerre ! Quand est-ce que tout ça finira ? Bon ! on va aller boire un verre. Berthe est dans la cuisine.

Puis, se tournant vers le commis :

– Toi, va voir un peu cette sacrée faucheuse. J'arrive dans un moment.

La cuisine est toujours aussi sombre bien que dehors il fasse grand soleil, sans doute à cause des murs et du plafond enfumés et des meubles en bois de chêne : une longue table et des bancs, un buffet, un coffre à grain qui sert de garde-manger, et aussi une énorme cuisinière de fonte noire. Dans un coin, un tas de bûches fraîchement fendues met une tache claire. Sur le sol de dalles rustiques, une poule picore des miettes. D'un coup de pied – « Va voir dans la cour si j'y suis ! » – Marceau effarouche la volaille, qui déguerpit avec des caquets frénétiques.

Berthe, penchée sur ses marmites d'où monte une bonne odeur, lève les yeux et nous sourit : un beau sourire sur un visage encore jeune, bien qu'elle ait dépassé la quarantaine.

– Ah, vous voilà ! Alors, c'est notre nouveau commis ? Ça tombe bien, on a encore du foin à rentrer.

Elle a de la voix, Berthe ; on a toujours l'impression qu'elle vous parle comme si vous étiez à l'autre bout d'un champ. Sans effort d'ailleurs, avec beaucoup de naturel. Et une belle voix.

– Oui, dit mon père. Il pourra vous donner un coup de main. Ça sent bon chez vous. Qu'est-ce que vous cuisinez comme ça ?

– Un ragoût de cochon. Si le cœur vous en dit, restez donc dîner.

– Non merci, il faut que je rentre.

– Vous prendrez bien un verre tout de même, dit Marceau.

– Oui, un petit verre, dit mon père qui, je le sais, redoute le cidre de Marceau, aigre, et qui monte vite à la tête.

Mais, évidemment, pas question de refuser.

Marceau tire une bouteille du garde-manger, la pose sur la table avec des verres, et il commence à parler de ses chevaux. On voit bien qu'il n'a plus que ça dans la tête. Si les Allemands les prennent, avec quoi il fera les foins ? Et il faudra bientôt labourer, à l'automne. Sans chevaux, tout est fichu !

– Il faudrait les cacher, dit mon père.

– Oui, mais où ça ? Dans la ferme, je ne vois pas où. Un cheval, ça ne se cache pas comme un œuf. J'ai bien un bois, dans un coin perdu. J'y pense.

Moi, je bois une gorgée de cidre, en essayant de ne pas faire la grimace. Je regarde les mouches qui se promènent sur la table, et je commence à m'ennuyer.

– Où elles sont les filles ? je demande à Berthe.

– Dans la vacherie.

– Bon, j'y vais.

Et je file dans la cour, laissant là les autres avec leur cidre et leurs histoires de chevaux.

Je pousse la porte de la vacherie – comme ils disent. Là-dedans, il fait encore plus sombre que dans la cuisine, à part quelques minces rayons de soleil qui entrent par les lucarnes et font danser la poussière. Les vaches sont sorties dans l'enclos. Gisèle ramasse le fumier de la nuit avec une pelle et l'entasse dans une brouette, tandis que Solange étale de la paille fraîche. Au bruit que fait la porte, elles tournent la tête, et, du même geste, rejettent une mèche sur leur épaule.

– Tiens, voilà le collégien ! dit Gisèle. Alors comme ça, tu viens nous donner un coup de main. Avec toi, on est sauvés !

– Même si les Allemands emmènent vos chevaux ?

– On t'attellera à la gerbière, et moi je prendrai le fouet.

Et elles se mettent à rigoler tout en continuant leur travail, l'une avec sa pelle, l'autre avec sa fourche…

Adossé à une mangeoire, je les regarde du coin de l'œil, et je me dis, une fois de plus, qu'elles sont bien bâties toutes les deux, dans le genre rustique : les épaules, les hanches larges, la poitrine haut perchée et qui ne s'embarrasse pas de soutien-gorge, des jambes robustes, hâlées par le soleil, et, de toute évidence, rien sous la robe, en dehors d'une culotte dont on devine l'élastique à travers la toile.

À les voir comme ça, dans le contre-jour de la porte, qui révèle mieux leurs formes, je songe que si elles voulaient, elles pourraient m'apprendre quelques petites choses : peut-être pas Solange décidément trop vieille, mais Gisèle qui d'ailleurs a l'air de s'être levée du bon pied ce matin.

Je lui demande :

– Je peux t'aider ?

– Oui, si tu veux. Tiens, va donc verser la brouette dehors sur le tas de fumier. Attention, c'est lourd, faut être costaud !

– Je le suis, tu vas voir !

Je prends les brancards de la brouette, je la

soulève – c'est lourd en effet – et j'avance tant bien que mal, en titubant un peu sous le poids.

Les deux filles me regardent et se remettent à rigoler.

Je finis par vider la brouette sur le tas de fumier : une petite colline que grattent quelques poules rousses, qui s'écartent en piaillant. Un ruisseau de purin s'écoule dans un fossé. Dans sa bauge proche, le cochon grogne. J'entrebâille la porte ; il est là, énorme et rose, barbouillé de fange ; de son groin, il pousse le bas de la porte et m'examine de ses petits yeux noirs.

On reste là quelque temps à se regarder, et comme je me souviens que, bien sûr, il s'appelle Adolf, je lui murmure son nom. Il me comprend, dirait-on, car il se met à grogner de plus belle. L'odeur qui monte de la litière me prend à la gorge, et je referme la porte.

D'ailleurs Gisèle me crie, du seuil de l'étable :

– Alors, tu la rapportes, cette brouette ? Ma parole, il est en train de discuter avec le cochon !

Lorsque mon père entre pour me dire au revoir, l'étable est propre, le sol garni de paille fraîche qui brille dans la lumière.

– Alors, comme ça, vous nous le laissez, dit Solange. Ne vous en faites pas, on l'aura à l'œil !

J'accompagne mon père jusqu'au chemin. Il a mis en bandoulière deux musettes remplies de provisions, et un petit sac de blé sur son porte-bagages. Il m'embrasse et me dit qu'on s'écrira et qu'il essaiera de venir avec ma mère dans une dizaine de jours, pour me faire une petite visite. Ça dépendra des événements. Que je ne me fasse pas de soucis ! Tout ira bien. Puis, poussant son vélo, il monte en selle et s'éloigne. Avant de disparaître derrière la haie, il se retourne et me fait un petit signe du bras.

Je reste là, tout seul, et je me dis que c'est la première fois que je les quitte, mes parents.

La matinée a passé comme ça à aider les filles. Ce n'était pas le travail qui manquait: tirer de l'eau du puits, donner de l'herbe aux lapins, ramasser des œufs dans la basse-cour, nourrir le cochon et les veaux.

De leur côté, Marceau et le commis continuaient de réparer la faucheuse sous le hangar. De temps en temps on les entendait jurer. Le soleil était haut dans le ciel et il commençait à taper vraiment dur.

À midi, Berthe est sortie sur le seuil et elle a crié «À la soupe!» d'une voix si forte que les chiens se sont mis à aboyer.

Nous voilà tous à table, dans la cuisine. Marceau est assis à l'extrémité, Albert à sa droite, moi à sa gauche, puis Gisèle et Solange en face. Seule Berthe reste debout près du fourneau.

D'abord, pendant quelques secondes, il ne se passe rien. Marceau a pris un air pensif, on dirait qu'il est ailleurs, qu'il attend on ne sait quoi. Ce n'est pourtant pas le genre de famille où l'on dit le bénédicité. Puis il sort son couteau de sa poche et il le pose sèchement sur la table. Ce doit être le signal, car aussitôt tout se met en mouvement. Berthe apporte la marmite qui chauffait sur le fourneau, et, avec une louche, elle sert la soupe, à son mari d'abord, puis au commis, à moi, aux filles, à elle-même enfin. On sent qu'il y a là une espèce de rite ; et il faut attendre encore que Marceau ait porté à sa bouche la première cuillerée pour passer à l'attaque. Lui et le commis ont gardé leur casquette sur la tête, et je ne peux pas m'empêcher de me demander s'ils couchent avec : ce qui d'ailleurs serait assez cocasse.

Albert avale goulûment, avec des bruits de gorge, comme un chien qui boit. Marceau grommelle dans sa moustache, et il doit s'agir de la fameuse faucheuse qui lui donne du souci, car je saisis les mots : rotule, clavette, je ne sais quoi encore, qui ne me disent pas grand-chose. En revanche, Albert, lui, a l'air de comprendre, même si, pour l'heure, c'est plutôt la soupe qui l'intéresse.

La soupe achevée, Marceau prend la miche de pain et, l'appuyant contre sa poitrine, coupe des tranches épaisses. Pendant ce temps, Albert capture d'un geste vif les mouches qui abondent sur la table, et il aligne les cadavres près de son assiette, comme pour en tenir la comptabilité.

Berthe apporte le ragoût qui, toute la matinée, a mijoté sur un coin de la cuisinière, et nous nous mettons tous à manger avec appétit. Je me dis que décidément les paysans ne s'ennuient pas, malgré la guerre : table bien mise et généreuse. Pour terminer, Berthe nous sert, sur une claie, un fromage de sa confection, qu'elle appelle une roue de brouette, dont il a en effet la taille. Appétissant, lui aussi, à première vue du moins, car, à y regarder de plus près, je remarque, sur la croûte, une multitude de petits asticots qui se démènent et de temps en temps bondissent comme s'ils étaient mus par un ressort.

En voyant mon air dégoûté, Berthe déclare que ça prouve qu'il est bon, son fromage. Les asticots ne se trompent pas, il n'y a pas de danger qu'ils s'installent sur le plâtre qu'on vend à la ville maintenant.

– T'es pas obligé de les manger, ces petites bêtes, mais ne t'en fais pas, même si tu en avalais quelques-unes, ça ne te boucherait pas le derrière !

Tout le monde se met à rire, les deux filles surtout, qu'un rien amuse, et qui pouffent dans leur assiette.

Berthe coupe une tranche de fromage, la gratte vaguement avec son couteau et me la tend.

– Tiens, goûte !

Je l'examine un moment, puis j'y mords avec prudence.

Il n'est pas mauvais, en effet, ce fromage ; les asticots ne se sont pas trompés, et, comme j'ai encore faim, j'ai vite fait de le dévorer.

Je dis :

– C'est vrai qu'il est bon.

– Ah, tu vois bien !

Elle a l'air contente, Berthe. Là-dessus, elle va chercher des pommes sur le buffet.

Albert épluche la sienne en artiste : une seule pelure, bien mince, en tire-bouchon, que, son exploit achevé, il tient entre le pouce et l'index. Et fier de lui, ça se voit ! Puis, comme si cette prouesse ne lui suffisait pas, il fait glisser les cadavres de mouches dans le creux de sa main, et, les portant à sa bouche, les avale ou feint de les avaler. Quoi qu'il en soit, sa paume est vide. Tout le monde se met à rire de la facétie d'Albert, sauf Marceau qui, soudain maussade, se cure les dents. Enfin il replie la lame de son couteau. Il se lève, le commis se lève.

– Bon, dit Marceau, on retourne voir la faucheuse !

Ils sortent tous les deux dans la cour, et ils se dirigent vers le hangar, effarouchant au passage la volaille qui s'éparpille.

Les filles commencent à faire la vaisselle, mais quand je leur propose de l'essuyer, elles disent que non, ce n'est pas un travail pour les garçons, et que d'ailleurs, ajoute aussitôt Gisèle, je risquerais de tout casser.

Alors je reste assis sur mon banc et je les écoute bavarder. La voisine – qu'elles appellent la sorcière – a encore laissé ses vaches brouter le bord du champ de maïs. La garce ! Et bonne à rien, avec ça ! Il paraît que les Allemands ont réquisitionné la farine, au moulin. S'ils prennent les chevaux, le père en fera une maladie. Vivement que les Américains arrivent !

– Bon ! tout ça c'est bien joli, dit Berthe, mais il faut aller couper de la luzerne pour les lapins. Tu iras, toi, Solange, avec Jean. Tu lui montreras comment s'y prendre, et, la prochaine fois, il se débrouillera tout seul. Toi, Gisèle, tu resteras ici pour éplucher les légumes.

J'aurais, bien sûr, préféré aller au champ en compagnie de Gisèle, que je regarde avec intérêt du coin de l'œil, mais on ne discute pas avec Berthe.

Comme Marceau ne veut pas que l'on sorte les chevaux, nous prenons une petite charrette à bras dans laquelle Solange pose une faux, une fourche et un râteau, et nous partons sur le chemin de terre, derrière le hangar. Je tire la charrette, Solange marche à côté. Il y a dans les talus un crépitement de grillons et, dans le bois tout proche, des ramiers qui roucoulent. Nous débusquons, au passage, une perdrix et sa couvée, qui traversent le chemin et se faufilent dans les hautes herbes.

– Alors, tu es content d'être ici ? me demande Solange.

– Oui, j'aime bien. C'est tranquille.

– Tranquille, oui, on peut le dire ! Un peu trop même ! Si tu vivais ici toute l'année, tu changerais peut-être d'avis.

– Peut-être, mais depuis que je suis arrivé à la ferme je me sens beaucoup mieux.

Et je lui raconte les nuits passées dans l'abri, les alertes, les avions, les bombes, les mitraillages, et la peur toujours et l'impression que jamais ça ne finira.

Elle m'écoute, Solange, elle dit qu'elle comprend : ça doit être dur. Ici, les avions, on les entend parfois, la nuit, mais on n'y fait pas tellement attention. Qu'est-ce qu'ils pourraient bombarder dans ce coin perdu ? Les Allemands, on ne les voit pas, pour ainsi dire, sauf quand ils viennent pour les réquisitions : de la paille, du fourrage et, l'an dernier, deux chevaux. Voilà pourquoi le père est si inquiet pour les deux autres qui lui restent.

– Et toi, je lui demande, on m'a dit que tu allais te marier.

– Qui t'a dit ça ?

– Ta sœur, bien sûr !

– Elle va un peu vite, Gisèle, mais c'est vrai que je suis comme fiancée. Tu le connais, Raymond ? Non ? Eh bien, tu le verras, ce soir. Il fait un saut jusqu'ici, après le travail. Ses parents ont une ferme, à une dizaine de kilomètres : les Montils. C'est là qu'on s'installera…

– Tu n'as pas l'air ravi. Il te plaît, Raymond ?

– Bien sûr qu'il me plaît, mais… Enfin, tu comprends, j'ai surtout envie de partir d'ici. Le père n'est pas commode, et ma sœur, il y a des jours où j'ai du mal à la supporter.

– C'est vrai qu'elle est bizarre, parfois gentille et parfois une teigne.

– Je crois qu'elle t'aime bien pourtant, mais, que veux-tu ? elle est comme ça, on n'y peut rien. Voilà, on est arrivés ! ajoute-t-elle en montrant un carré de luzerne. Laisse la charrette sur la lisière. Tu sais faucher ?

– Non, pas vraiment !

– Eh bien, regarde !

Elle prend la faux, se campe solidement sur ses jambes, et, d'un geste sûr, attaque l'herbe haute.

– Là, tu vois ? dit-elle, la lame bien à plat, au ras du sol, mais sans le toucher. Et tu avances régulièrement. Compris ?

Au bout de quelques minutes, elle me tend la faux. Pas facile, je dois l'admettre. La lame heurte une pierre, tranche la luzerne trop bas ou trop haut ; je trébuche.

– Attention, tu vas te couper la tête ! plaisante Solange.

Et comme je m'applique et finis par trouver le rythme :

– C'est mieux ! Encore un peu, collégien, et on fera de toi un paysan.

Comme le soleil tape fort, je suis vite en sueur, mais, par fierté, je continue de faucher tandis que Solange entasse la luzerne avec le râteau.

Nous ramenons à la ferme notre chargement,

moi tirant, Solange poussant la charrette, qui cahote dans les ornières.

Gisèle a fini d'éplucher les légumes, elle lave l'écrémeuse dans la laiterie. Comme pour nous faire mentir, elle est plutôt souriante.

– Alors, vous vous êtes bien amusés, tous les deux ? dit-elle, mais sans véritable malice.

– La faucheuse est réparée, dit Berthe. Les hommes sont partis au pré. Bon, c'est l'heure, allez rentrer les bêtes.

Une fois les vaches attachées dans l'étable, Solange et Gisèle se mettent à les traire. De temps à autre, une bête mugit. Quelques hirondelles volent en silence au ras des poutres du plafond.

Appuyé contre le rebord d'une mangeoire, je regarde les deux filles qui, assises sur des trépieds, tenant le seau entre leurs jambes, tirent sur les trayons avec dextérité.

Le lait gicle et tinte contre la paroi du seau. Bientôt son odeur douceâtre, un peu écœurante, se mêle à celle de la paille fraîche.

Solange et Gisèle, un foulard noué autour de la tête, le front appuyé contre le flanc de la bête, ont l'une et l'autre pris un air rêveur, comme si le bruit monotone du lait dans le seau les berçait. Lorsque la vache s'agite, elles l'appellent par son nom : « Allons, Blanchette ! », « Du calme, Frileuse ! » et lui donnent une tape sur la cuisse.

Moi aussi le bruit du lait m'endort. Je me sens bien, j'ai oublié que c'est la guerre et que nous sommes entourés de menaces. Il n'y a plus que cette étable, comme une grotte hors du monde, pleine de la rumeur des bêtes et de la présence de ces deux femmes dont je vois la nuque, les jambes et les seins rebondis, sous la toile légère de la robe. Une fois de plus, je pense que ce serait tellement mieux si Gisèle n'était pas aussi farouche et si elle se laissait un peu caresser. Solange ne me déplaît pas non plus, mais il y a Raymond, et son âge qui m'intimide.

Je dis, à tout hasard :

– Je vous admire. Vous êtes douées toutes les deux. C'est difficile ?

– Pour sûr, dit Gisèle, c'est pas un travail pour les collégiens !

– J'aimerais que tu m'apprennes.

– Compte là-dessus ! Si tu crois que j'ai du temps à perdre !

– Tu ne perdrais pas ton temps. Je pourrais t'apprendre quelques petites choses, moi aussi.

– Quel toupet ! Je te vois venir.

J'entends Solange qui rigole, derrière la croupe de sa vache.

– Je t'apprendrai, moi, dit-elle.

– Ah oui, vraiment ? Et quand ?

– Maintenant, si tu veux. Tu n'as qu'à venir.

De Gisèle je me méfierais, toujours prête à se

moquer, à jouer des tours pendables, mais Solange n'est pas comme ça, je le sais, et je lui fais confiance. Alors je me lève et je m'approche, un peu inquiet pourtant.

– Tiens, assieds-toi là, dit-elle en me montrant ses genoux.

– Là ?

– Eh bien oui, quoi ! Tu as peur ?

– Non, c'est pas ça, mais...

Une fois assis, je sens près de ma joue son souffle, et, contre mon dos, le poids et la tiédeur de ses seins, si bien que troublé et intimidé tout à coup, je ne sais plus que faire.

– Regarde ! dit-elle, et, avec aisance, elle se remet à traire. Tu vois, c'est comme ça qu'il faut placer les doigts. À toi maintenant !

Je saisis les trayons, élastiques et tièdes, mais j'ai beau tirer, il n'en sort que quelques gouttes.

Solange m'explique et guide mes mains.

– Tu mets les doigts plus haut, tu serres bien. Voilà, c'est mieux ! Encore. Ça viendra !

Au bout de quelques minutes, c'est un peu mieux, en effet, mais n'exagérons rien, il ne sort du pis que deux minces filets de lait.

– Bon. On recommencera demain. Laisse-moi maintenant, il faut que je me dépêche.

– Vous ne vous ennuyez pas tous les deux ! dit Gisèle qui nous regarde de biais, d'un air jaloux. Et si je racontais ça à Raymond ?

– Tais-toi, mauvaise ! crie Solange.

Je me lève à regret. Solange se tourne vers moi et me tend un gobelet.

– Tiens, si tu veux boire, sers-toi dans le seau !

Je bois un plein gobelet de ce lait onctueux et tiède, et c'est comme si je buvais Solange, dont la peau a la douceur et l'odeur du lait.

La porte de l'étable s'ouvre, et Berthe entre avec le soleil.

– Alors, il vient ce lait ? On dirait que vous lambinez, ce soir !

Vers les six heures, je vois, par la porte de l'étable, un cycliste qui entre dans la cour, zigzague au milieu de la volaille, saute à terre en artiste et appuie son vélo contre un mur.

– Voilà Raymond! dit Solange.

Je m'en étais douté. C'est un grand type sec, avec un visage étroit, un long nez et des cheveux en broussaille. Il a mis un pantalon propre, une chemise et une casquette neuves, pour «se faire beau» comme on dit ici.

À peine si Gisèle le regarde. Quant à Solange, on ne peut pas dire qu'elle se précipite vers lui. Elle continue de traire, mais, lorsqu'il s'approche, elle relève une mèche qui lui barre le front, et tend une joue où il pose un baiser, du bout des lèvres, non sans délicatesse.

Solange nous présente: «Jean, Raymond.» De sa main épaisse, il m'écrase les doigts.

– Ça va, mon gars?

– Oui, ça va.

La conversation s'arrête là. Visiblement nous n'avons pas grand-chose à nous dire.

– J'ai fini, je viens, Raymond, dit Solange. Vous pourrez nourrir les veaux, tous les deux ?

– T'inquiète pas, dit Gisèle, ironique, on est là pour ça !

Les amoureux s'éloignent, et ils vont s'asseoir sur un banc, à l'ombre du tilleul. Ils se tiennent par la main.

Ils ont l'air de parler, Raymond surtout. Je me demande ce qu'il peut bien lui raconter. Des histoires de volaille ? de vaches ? Ce serait bien étonnant s'il lui récitait un poème !

Gisèle les observe du coin de l'œil, puis elle hausse les épaules et tourne la tête.

Dès que les hommes sont rentrés de la prairie, vers les huit heures, on s'est mis à table. Le souper n'a pas traîné, car tout le monde était debout depuis cinq heures du matin.

– On se couche tôt ici, m'a dit Berthe. Viens, Jean, je vais te montrer ta chambre.

Ma chambre, c'est, à l'arrière de la maison, une grande pièce aux murs blanchis à la chaux, avec une armoire, un lit-bateau, quelques chaises, dont l'une à demi dépaillée, une table de toilette avec une cuvette et une cruche de faïence, et, sur le sol, des carreaux d'un rouge éteint, usés par les lavages. La fenêtre donne sur la basse-cour.

Il y a dans l'air une odeur de cire et de pommes. En plus de la porte d'accès au couloir, une autre porte communique avec la chambre voisine, où j'ai vu entrer Gisèle, mais j'aurai vite fait de m'apercevoir qu'elle est condamnée.

La chambre de Solange et celle des parents sont de l'autre côté du couloir.

– Tu seras tranquille ici, dit Berthe, après

avoir fermé les volets. Tiens, prends cette serviette. Il y a de l'eau dans la cruche pour la toilette. Demain, tu iras la remplir au puits.

Et elle ajoute qu'en cas de besoin il y a un pot de chambre dans la table de nuit, qu'elle ouvre aussitôt. Le pot est là, en effet, blanc avec un liseré bleu, et, en lettres fleuries, l'inscription: «Vive la mariée». Au fond, un œil peint me regarde fixement et me laisse un peu étonné.

Mais ce qui m'étonne encore plus, c'est quand Berthe ajoute que, pour le reste, eh bien, on va dans le bois derrière la grange. C'est comme ça, à la campagne. Vaut mieux prendre ses précautions avant la nuit.

En effet je m'imagine mal, dans l'obscurité, en train de traverser à tâtons l'enclos des vaches pour gagner le bois.

Pour l'heure, à peine Berthe m'a-t-elle quitté que je me glisse entre des draps lourds et rêches qui sentent la lavande. J'entends un frôlement de pieds de l'autre côté de la cloison, le bruit d'un ressort, puis plus rien. Gisèle a dû se coucher, et peut-être dort-elle déjà, écrasée de fatigue.

Moi, les yeux ouverts dans le noir, j'écoute la rumeur de cette maison étrangère. Tout a l'air paisible ici, comme si la guerre n'existait pas. Je pense à mes parents qui, à cette heure-ci, sont peut-être dans leur abri, enroulés dans des couvertures, avec, au-dessus de leurs têtes, ces maudits avions qui grondent dans le ciel.

C'est le coq en effet qui m'a réveillé, et son cri, derrière la maison, je l'avais perçu dans mon sommeil comme le rugissement d'un fauve. Il continuait de chanter, tonitruant, un autre lui répondait du côté de chez les Rousson, et d'autres encore au loin, perdus dans la campagne. Les premiers rayons du soleil se glissaient par les fentes des volets, et j'entendais quelqu'un marcher dans le couloir. Après tant de nuits agitées dans notre abri, avec la peur au ventre, j'avais dormi d'une traite, d'un sommeil sans rêves.

Je suis resté là quelque temps dans la chaleur du lit à écouter les bruits de la maison, puis je me suis levé et, pieds nus, j'ai poussé les volets. Il y avait sur le verger une belle lumière transparente, et une brume légère sur les lointains. Un soleil rouge émergeait d'un bois. Tout était paisible et silencieux, sauf le coq qui, là, sur le toit d'un appentis, tendait le cou et continuait de s'égosiller.

Soudain, j'ai eu, comme ça, sans vraie raison, un instant de bonheur, peut-être à cause de la lumière, de la paix, de la transparence du matin, et du cri de ce coq dont le plumage, d'un roux sombre, luisait au soleil. Puis, très vite, je me suis mis à penser à mes parents, à la guerre, et l'inquiétude est revenue.

Je me suis habillé en vitesse et je suis allé à la cuisine. Les hommes étaient déjà sous le hangar, en train de bricoler. J'ai déjeuné avec les filles : du lait à volonté, du pain, du beurre, de la confiture et, en guise de café, qui était devenu rare, de l'orge grillée.

Berthe, elle, mangeait debout, sur un coin de la cuisinière, en surveillant ses casseroles. À part le feu qui craquait dans le foyer et un chien occupé à ronger un os sur le seuil, la pièce était silencieuse. Personne n'était bavard, ce matin-là : quelques mots, de temps à autre, un soupir, un grognement. Je crois que nous étions tous encore à moitié endormis.

Lorsque j'ai eu terminé mon repas, je me suis réveillé tout à fait, et j'ai demandé à Berthe :

– Vous allez bientôt finir de le couper, le foin ?

– Cet après-midi ou demain. Il y a encore quelque chose qui cloche dans la faucheuse. Les hommes sont en train de la réparer. Ah, tout va mal ! Pourtant ça presse : il faut cacher les chevaux. Pour l'instant c'est calme, mais ça risque de ne pas durer.

– Qu'est-ce que je peux faire aujourd'hui ?

– Tu n'as qu'à aider les filles. Si tout va bien, dans deux ou trois jours on ira faner. L'herbe sèche vite avec ce soleil.

À ce moment, on entend un grand bruit de moteur, on sort tous dans la cour, et, le nez en l'air, on aperçoit un avion qui approche au-dessus du bois, de l'autre côté de l'enclos. Il passe au ras des toits, avec fracas. Je regarde les ailes et je dis :

– C'est un anglais.

– Ah bon ? Tu t'y connais !

– Depuis le temps qu'ils viennent mitrailler, on a l'habitude.

L'appareil s'est éloigné, à peine si l'on entend le ronronnement du moteur. Depuis le matin, j'avais presque oublié que c'était la guerre, et il a fallu que vienne cet avion !

– Bon ! Gisèle, dit Berthe, quand vous aurez fini de curer les vaches, tu les amèneras au pré. Et toi, Solange, tu m'aideras à faire le beurre.

Je demande si je peux aller avec Gisèle garder les vaches.

– Si tu veux. Tu lui tiendras compagnie.

– Belle compagnie ! dit Gisèle, qui fait la grimace.

Mais on voit bien que c'est façon de parler et qu'au fond elle n'est pas mécontente.

Une fois l'étable nettoyée, elle me dit : « On y va ! » et nous voilà partis sur le chemin, derrière les vaches qu'elle a sorties de l'enclos où l'herbe est rase et sèche comme de la paille.

Les bêtes vont sans se presser, le pis ballant, avec, à leurs trousses, les deux chiens frisés qui jappent et de temps en temps leur mordillent les jarrets. Gisèle marche devant moi, un bâton à la main ; de la voix elle exhorte les bêtes, qui parfois paresseusement fientent sur le talus.

Nous quittons bientôt la plaine pour descendre vers une prairie où coule une rivière entre deux rangées de peupliers. Les vaches se mettent à brouter l'herbe épaisse, surveillées par les chiens qui autour d'elles patrouillent.

– C'est ici que je m'assois, dit Gisèle en montrant un arbre touffu au bord de la rivière. Il y a de l'ombre.

On s'installe l'un près de l'autre – pas trop près – elle, adossée au tronc de l'arbre, moi, assis en tailleur.

Il y a sur l'eau une émouvante lumière verte, des tourterelles roucoulent sur les hautes branches, les feuilles des peupliers frémissent dans la brise comme des piécettes d'argent.

– C'est beau ici ! je dis à Gisèle, pour parler.

– Beau ? Tu trouves ? Moi, tu sais, la campagne, j'en ai plein le dos, et les vaches, le fumier, mes parents, la ferme ! Dès que je le pourrai, je file.

Et elle ajoute :

– Je sais pas pourquoi je te raconte toutes ces choses. Ça t'intéresse pas.

– Mais si, ça m'intéresse, et je te comprends. Moi aussi, il y a des moments où j'ai envie de partir, d'aller ailleurs, et pourtant je les aime bien, mes parents. Plus tard, quand la guerre sera finie, peut-être que j'irai étudier à Paris. Ça me plairait.

Paris, oui, Gisèle, elle en rêve : la grande ville, les magasins, les cinémas. Elle, bien sûr, ce ne sera pas pour étudier. L'école, c'est fini. Tant mieux ! Elle en avait vraiment assez. Son père voudrait la garder à la ferme, mais, dès qu'elle sera majeure, elle cherchera du travail, et adieu !

Je lui dis :

– Peut-être qu'on se rencontrera, à Paris.

– Oui, peut-être...

– Ce serait bien. Mais, pour l'instant, on est ici ensemble, et c'est bien aussi.

Elle ne dit ni oui ni non, mais à voir l'air qu'elle prend, ce serait plutôt oui. Décidément, elle est aimable aujourd'hui, Gisèle. Je songe :

«Plutôt une rose qu'un buisson d'épines.» De telle sorte que je m'enhardis, m'approche d'elle, lui caresse les cheveux, et, comme je ne reçois pas la tape habituelle, je l'embrasse sur la joue, la tempe, puis sur la bouche.

Bien que ses lèvres restent serrées, elle se laisse faire assez gentiment, sans manifester de plaisir ni de déplaisir, jusqu'à ce que, le souffle un peu coupé, je m'éloigne.

Lorsque j'y pense, c'était, je crois, la première fois que j'embrassais une fille, et je ne savais pas très bien comment m'y prendre; elle non plus d'ailleurs. Ce baiser, je m'en souviens, n'était sans doute pas très réussi, mais il me procura un sentiment d'exaltation comme si j'avais franchi victorieusement une épreuve. Avec une audace nouvelle, je posai même une main sur la poitrine aimablement rebondie de Gisèle. Pourtant, lorsque je voulus aller plus loin et glisser la main dans son corsage, elle la repoussa avec une certaine fermeté, si bien que je renonçai. Peut-être aurais-je dû insister, mais, je l'ai dit, je ne savais presque rien des filles, et j'ignorais qu'il n'est souvent pas trop difficile de franchir les obstacles que dresse la pudeur, aussi résolue soit-elle en apparence.

Bref, nous en restâmes là.

Assis l'un contre l'autre, nous nous tenons par la main, et, comme je ne sais pas trop quoi faire, dans ces circonstances que j'aurais voulues plus romantiques, je dis à Gisèle :

– Écoute, je vais te lire un poème !

Elle me regarde, étonnée, comme si je lui parlais de la lune.

– Oui, une poésie quoi ! Tu veux ?

Elle hausse vaguement les épaules, d'un air dubitatif.

Je sors de ma poche la petite anthologie de la poésie française que j'y avais glissée.

C'était l'une de mes passions et, à cet âge, peut-être une bizarrerie, que de toujours prendre de la lecture avec moi. Allais-je en promenade, en voyage ou, plus prosaïquement, aux cabinets, un livre m'accompagnait. Aussi, lorsque mon père m'avait annoncé que je partirais le lendemain chez les Marceau, j'étais allé choisir quelques volumes dans l'armoire qui nous servait de bibliothèque : *Le Grand Meaulnes*, *Les Souffrances du jeune Werther*, un choix de poèmes de Lamartine, et, justement, cette anthologie qui, grâce à son petit format, pouvait avec facilité tenir dans une poche.

Donc je l'ouvre sous les yeux de Gisèle toujours éberluée, la feuillette et, pas tout à fait innocemment, je choisis Ronsard que, depuis l'année précédente, j'adore, et plus précisément: «Mignonne allons voir si la rose...»

Gisèle m'écoute, et m'écoute même avec attention, sans faire l'un de ces commentaires acides dont elle a le secret.

Mais, quand j'achève ma lecture:

*«Cueillez, cueillez votre jeunesse,*
*Comme à cette fleur la vieillesse*
*Fera ternir votre beauté.»*

je vois qu'elle a repris son air ironique.

Je demande:

– Alors, ça te plaît?

– Oui, c'est plutôt joli! Mais moi, tu sais, je n'ai pas trop le temps de m'occuper de poésie, je n'y connais pas grand-chose. Pourtant je vois bien pourquoi tu as choisi cette histoire de rose...

Soudain elle se redresse et se met à vociférer: «Blanchette! Frileuse! Oh là!», et elle lance aux trousses des deux bêtes, qui se sont écartées du troupeau et broutent le pré du voisin, les chiens qui, profitant de l'inattention de la vachère, somnolaient à l'ombre d'un buisson.

Tandis que les deux fugitives reviennent au

trot, talonnées par les chiens qui jappent et leur mordillent les jarrets, Gisèle dit que c'est bien joli, les poèmes, mais que voilà ce qui arrive quand on se met à rêvasser : on ne peut pas vivre la tête dans les nuages.

Je sens que la charmante parenthèse est en train de se refermer et que, lorsqu'il s'agit de Gisèle, il y a toujours des épines sous la rose.

Gisèle tire de son sac un tricot et des aiguilles et elle se met au travail : « Un chandail pour l'hiver, dit-elle. Il ne fait pas chaud ici. » Je la regarde quelques instants manier ses aiguilles, puis, lassé, je décide d'aller fureter dans le lit de la rivière. Je soulève des pierres ; des poissons me filent entre les jambes ; une sarcelle s'enfuit et disparaît dans un fouillis de roseaux.

Enfin, comme l'après-midi s'avance, nous rassemblons les bêtes et prenons le chemin du retour. Après avoir gravi une pente sous les peupliers, on débouche sur la plaine où la vue s'étend jusqu'à l'horizon. Le soleil décline dans un ciel d'un bleu profond où s'étirent quelques nuages joufflus.

Gisèle qui, de temps à autre, pique du bout de son bâton le flanc d'une vache, s'arrête tout à coup, le bras tendu.

– Regarde, là-bas, dit-elle. Des camions !

En effet, trois camions bâchés, précédés d'un véhicule militaire et d'un motocycliste, s'avancent au loin sur une route.

– Pourvu qu'ils n'aillent pas chez nous ! ajoute Gisèle qui, inquiète, les suit des yeux. Et nos chevaux qui ne sont pas encore cachés !

Mais, quelques instants plus tard, elle dit qu'ils n'ont pas tourné sur le chemin qui mène à la ferme, et elle pousse un soupir de soulagement.

Lorsque nous entrons dans la cour, je vois Marceau en train de dételer les chevaux de la faucheuse.

– Il y avait des boches sur la route, crie Gisèle. Tu les as vus ? Trois camions, une voiture et une moto.

– Non. Où ça ?

– Sur la route de Monvert. Ils sont partis.

– Ouf! dit Berthe. Dieu sait ce qu'ils sont allés fabriquer là-bas !

– Bon ! j'ai fauché, dit Marceau. On fanera à la main. Ça devient trop dangereux, il faut plus attendre. Demain, on planque les chevaux.

Dès le réveil, à voir l'air inquiet de Marceau, on sent que cette histoire de chevaux l'obsède et que, toute la nuit, ils ont dû lui galoper furieusement dans la tête.

Il dit à Albert :

– On casse la croûte vite fait, et on y va !

Puis, se tournant vers moi :

– Viens avec nous, si tu veux. Tu nous donneras un coup de main.

Le petit déjeuner achevé, on charge la gerbière : des planches, des chevrons, des outils, une table, une chaise, une paillasse et deux sacs d'avoine, et en avant par les chemins creux, à travers champs.

Robespierre tire la charrette, Marat est attaché derrière, nous marchons tous les trois à côté. Marceau tient Robespierre par la bride et, dans les côtes, il l'encourage de la voix. Il commence à faire chaud, et les mouches, attirées par l'odeur de la sueur, nous suivent en bourdonnant.

Lorsque nous nous arrêtons un instant pour souffler, elles se posent sur les flancs des chevaux, qui les chassent à grands coups de queue.

Avec un ronronnement de moteur, un petit avion passe dans le ciel, trop haut pour que nous puissions l'identifier. Marceau observe ses évolutions avec inquiétude, comme s'il s'attendait d'une minute à l'autre à le voir piquer vers nous, et, quittant le chemin, il mène rapidement la charrette sous le couvert d'un peuplier. Nous restons là, dans l'ombre, à observer l'appareil qui décrit quelques courbes puis finit par s'éloigner. C'est seulement lorsqu'il est parti que nous nous dirigeons à plus vive allure vers la lisière d'un bois où nous ne tardons pas à pénétrer.

Là, il fait sombre et presque frais, car c'est un bois touffu, avec de grands chênes qui dominent des taillis que l'on dirait impénétrables. Le chemin, marqué par deux ornières, s'enfonce dans la verdure comme un tunnel, où la charrette s'avance avec d'horribles cahots qui secouent le chargement de planches.

Enfin, on arrive dans une petite clairière au bord de laquelle s'élève, à l'ombre d'un chêne, une sorte de hangar couvert de tôles, un peu délabré mais où pourront facilement s'abriter les chevaux et Albert, qui ne doit pas être regardant sur le confort.

– Ça serait bien le diable s'ils venaient les chercher ici, les chevaux ! dit Marceau, l'air soulagé. Allons, on décharge !

En deux heures de travail acharné, nous rafistolons tant bien que mal le hangar. Maintenant les trous du toit sont bouchés et une vague cloison sépare les chevaux de l'espace qui servira de chambre à Albert. Une paillasse, une table, une chaise : ce sera suffisant. Et, dans un coin, les sacs d'avoine pour nourrir les chevaux.

Pendant que nous étions en train de scier et de clouer, quelques avions sont encore passés, dont l'un très bas, qui nous a fait sursauter. À peine si nous avons eu le temps de le voir entre les branches, il avait déjà disparu.

Finalement on a tiré la charrette sous le chêne, et, pour plus de sécurité, Marceau l'a camouflée avec de la fougère.

Rusé comme un renard, le vieux ! Et prudent. Ni vus ni connus, ses chevaux c'était comme s'ils n'existaient plus.

– Bon ! on te laisse, a dit Marceau à Albert. Tu as tout ce qu'il te faut. Pour l'eau, tu iras au ruisseau, ça te fera de l'exercice. Tu as compris ?

Tu ne bouges pas. T'as de quoi manger pour aujourd'hui. Demain, on t'apportera du ravitaillement.

– Ça va! a dit Albert.

Je voyais bien, à son air, qu'il n'était pas mécontent d'être là, lui qui d'habitude travaillait douze heures par jour, et, en plus, se faisait houspiller. Ça le changerait. Des vacances, en quelque sorte, et si elles ne devaient pas durer, ce serait toujours ça de pris. Ils n'étaient pas encore là, les Américains!

On l'a laissé avec ses chevaux, et on a repris le chemin, à travers bois. Marceau allait devant, toujours nerveux, et je sentais qu'il était pressé de rentrer à la ferme.

Quand nous sommes arrivés au tournant du chemin, j'ai jeté un coup d'œil par-dessus mon épaule, et j'ai vu qu'Albert s'était installé sur une chaise, devant la porte du hangar, et qu'il roulait une cigarette. Derrière lui, les chevaux broutaient les feuilles basses d'un arbre. Cela faisait un tableau paisible. Je serais bien resté là, avec Albert, pour dormir à la belle étoile et écouter chanter les rossignols.

Mais Marceau pressait l'allure.

– Allons, ne lambine pas! Il est plus de midi, je commence à avoir faim.

À la ferme, nous avons trouvé les femmes tout agitées. Raymond venait de passer en coup de vent pour dire qu'il y avait encore des Allemands du côté de Monvert: une dizaine de camions et autant de voitures. Ils s'étaient planqués à la lisière d'un bois, ils avaient l'air d'attendre. Peut-être qu'ils manquaient d'essence, et alors ça pouvait devenir dangereux. Pour l'instant, ils n'étaient pas tout près, les Allemands, et puis les chevaux se trouvaient en sécurité. Mais les vaches, on ne savait jamais!

– Gisèle, tu vas les conduire au pré, a dit Marceau. C'est mieux que de les laisser ici. Prends un casse-croûte et file. Ne discute pas! Toi Solange, tu nettoieras l'écurie. Pas de traces. Et toi, Berthe, la soupe!

Ils se sont tous mis à parler en même temps; on ne s'entendait plus.

Berthe a quand même fini par la servir, sa soupe.

– Ah! Jean, elle a dit tout à coup, le facteur

est passé ce matin. Il y a une lettre pour toi. De tes parents. J'avais oublié, avec toutes ces histoires. Tiens, elle est là sur le buffet.

Je l'ai lue tout de suite pendant que la soupe refroidissait.

Elle me posait des tas de questions, ma mère: «Tu vas bien? Tu manges bien? Tu es gentil avec les Marceau? Les filles ne te taquinent pas trop? C'est tranquille, par là?» Puis elle me disait de ne pas me mettre dans les courants d'air quand j'étais en sueur, de ne pas boire d'eau glacée, et de faire attention aux vipères. C'était l'une de ses obsessions, les vipères, elle en voyait partout!

Elle ajoutait: «Ici, ça ne va pas trop mal, ne t'inquiète pas. Il y a toujours des alertes, la nuit surtout, et ces forteresses volantes qui passent. On finit par s'habituer et par dormir quand même. Ton père a installé un matelas dans l'abri, comme ça on n'a plus à monter et à descendre. C'est presque confortable. Les avions anglais attaquent les trains sur la ligne de Paris; hier, des wagons ont brûlé, il y avait une grande fumée du côté de la forêt. Et ils ont bombardé l'usine de goudron. Là aussi, il y a eu un incendie. Les Allemands s'agitent beaucoup, ils réquisitionnent les voitures.

Si seulement ils pouvaient filer et rentrer chez

eux. On se demande ce qui va se passer. Pour le reste, tu dois avoir les nouvelles. On voudrait aller te voir mais il est interdit de circuler: il y a des patrouilles. Écris-nous vite, le courrier passe encore de temps en temps. On pense à toi, on t'embrasse très, très fort. Ta mère.»

J'ai plié la lettre, je l'ai glissée dans ma poche, et je suis revenu à table. Ma soupe était presque froide.

– Alors, comment ça va, là-haut, à Montargis? a dit Berthe.

– Pas trop mal. Les Anglais ont encore mitraillé des trains et bombardé une usine...

– Et les Allemands, qu'est-ce qu'ils font? a demandé Marceau.

Je lui ai dit ce que m'avait écrit ma mère. Il hochait la tête, l'air inquiet.

– S'ils décrochent, ils vont rappliquer par ici. J'aime pas ça. Déjà ce convoi, ce matin. Dieu sait ce qu'ils sont capables de faire. Non, j'aime pas ça du tout!

Puis il a replié son couteau et il s'est levé.

– Vous ne bougez pas d'ici! Moi, je vais aller jeter un coup d'œil du côté de la route.

Il est parti à travers champs, en se faufilant derrière les haies. Quand il est revenu, une heure plus tard, il a dit que les Allemands étaient partis en direction du nord.

Un peu plus tard encore, il y a eu au loin des tirs de mitrailleuse, des explosions et des coups de feu isolés.

Si les journées étaient agitées, les nuits, elles, restaient plutôt paisibles. On se couchait vers les neuf heures, avec le soleil. Je fermais mes volets, et, assis sur mon lit, en chemise, je lisais *Les Souffrances du jeune Werther.* Cette passion dévorante me fascinait et en même temps me terrorisait ; je la voyais comme une grave maladie, parfois mortelle, un peu comme la tuberculose, à laquelle d'ailleurs elle était souvent associée, et je priais, à ma façon, pour ne jamais en être atteint. Je n'y survivrais pas.

Je me demandais si je l'aimais, Gisèle. Oui, mais c'était autre chose et, même si ses caprices me faisaient souffrir, je n'avais vraiment pas l'impression que mes jours étaient en danger. Elle me plaisait encore plus depuis qu'elle s'était laissé embrasser, mais, somme toute, Solange me plaisait bien aussi. Seulement il y avait ce Raymond, avec ses airs d'oiseau de nuit, et qui ne me disait rien qui vaille.

J'entendais parfois un frôlement de pieds sur

les carreaux de la chambre voisine. J'imaginais Gisèle s'apprêtant à se coucher, à moitié nue, les cheveux dans les yeux, avec ce corps pâle que j'avais entrevu par l'échancrure du corsage.

Un soir, posant mon livre, j'essayai même d'ouvrir sans bruit la porte de communication, qui bien sûr était toujours verrouillée. Je grattai du bout du doigt, mais personne ne me répondit. Comme je voyais sous la porte un rai de lumière, je finis par coller un œil contre le trou de la serrure. Rien que du noir ! C'était à se demander si Gisèle ne l'avait pas bouché.

Déçu, je retournai à mon *Werther* et je repris ma lecture, mais j'avais l'esprit ailleurs, et le sens des phrases m'échappait.

Bientôt le rai de lumière disparut, j'entendis un bruit de ressort, puis plus rien. Alors j'éteignis ma lampe, avec un soupir, et je ne tardai pas à m'endormir.

Au milieu de la nuit, je suis réveillé par un fracas d'enfer, une explosion énorme qui fait trembler la maison et gronder l'écho. Je saute du lit. Cette fois, ça y est : les usines, la gare ! Mais non, c'est vrai, je suis à la ferme. Un endroit tranquille, disait mon père !

Aussitôt, c'est le remue-ménage dans les chambres, et nous nous retrouvons tous dans le couloir, en chemise de nuit, l'air hagard. Marceau a même un bonnet sur la tête, tiré jusqu'aux sourcils, de telle sorte qu'avec ses moustaches brunes il ressemble à un pirate.

Et tous crient :

– T'as entendu ? Qu'est-ce que c'est ? Des bombes ?

– Ça doit être sur les ponts ! dit Berthe.

– Les ponts ? tu veux rire ! dit Marceau. Pourquoi tu veux que ça les intéresse ? Il n'y passe qu'un train de pommes de terre tous les trois jours. À mon avis, ça n'est pas tombé loin. Je vais voir dehors.

Et aussitôt il sort dans la cour. On le suit dans le clair de lune, qui nous donne des allures de fantômes. Tout est tranquille, sauf les chiens, qui aboient comme des fous.

Marceau dit qu'il ne voit rien. Ça doit être là-bas, dans la plaine. Il ira demain, il n'y a qu'à se recoucher.

Ce n'est pas du côté des chevaux, c'est l'essentiel !

Je me retourne dans mon lit. Dans la chambre à côté, Gisèle en fait autant ; elle non plus sans doute n'arrive pas à se rendormir. J'entends un ressort qui vibre dans le sommier. J'ai un peu froid tout à coup, et je me dis que ce serait bien si on était dans le même lit, Gisèle et moi : on se tiendrait chaud. Oui mais voilà ! Elle est comme elle est, Gisèle : piquante comme un chardon.

Puis je pense à mes parents, qui doivent être dans leur cave, avec, au-dessus de leurs têtes, le grondement des maudits moteurs. Pourvu qu'il ne leur arrive rien ! Dix jours que je ne les ai pas revus. Moi qui n'ai jamais prié, j'invente une espèce de prière pour que la guerre s'arrête et que je les retrouve sains et saufs. Je n'entends plus le ressort à côté. Je finis par me rendormir.

On se réveille comme d'habitude, vers les cinq heures. À peine le petit déjeuner terminé, Marceau dit :

– J'y vais. Vous, les femmes, vous restez ici.

Je lui demande :

– Je peux aller avec vous ?

– Si tu veux.

Et nous voilà partis tous les deux, avec le chien qui tourne autour de nous et flaire les talus. Marceau tient à la main un bâton, qui heurte les pierres du chemin avec un bruit sec. Pas bavard, comme d'habitude ! À part : « Ça doit être par là, on verra bien ! » il ne me fait pas de discours. J'ai l'impression que, pour lui, je n'ai pas plus d'importance que son chien.

On s'engage sur un sentier entre des buissons d'aubépine où le chien se met à fureter, puis à glapir comme s'il avait débusqué un lapin. Après avoir gravi une pente, on arrive sur un plateau, avec des champs moissonnés, des rangées de pommiers et, au loin, une masse verte qui doit être la lisière d'un champ de maïs.

Marceau s'est arrêté, et il examine les environs d'un air perplexe.

– Je ne vois rien ! dit-il.

Le soleil commence à taper dur. Je sens la

sueur couler sous ma chemise. Marceau a rabaissé la visière de sa casquette.

On contourne un petit bois, Marceau devant, moi quelques pas derrière, et tout à coup je l'entends crier: «Ça alors!»

Là, de l'autre côté du bois, le sol, sur une centaine de mètres, a été bouleversé comme par une charrue gigantesque qui a mis à nu une terre sombre. Nous nous approchons et, après avoir gravi le remblai, nous débouchons sur un cratère profond de cinq ou six mètres, d'ou monte une odeur de poudre.

– Sacré nom! jure Marceau. Le champ de betteraves à Gaston!

Et je vois apparaître, de l'autre côté du cratère, un paysan, avec un pantalon de velours, une blouse, et coiffé d'un vieux chapeau, qui regarde le trou d'un air stupéfait.

– Dis donc, Gaston, ils les ont labourées, tes betteraves!

– Tu parles! dit l'autre.

– Y en a combien, de trous?

– Six. Tu te rends compte!

Et il fait un geste vague du bras.

– Qu'est-ce que c'est, à ton idée? demande Marceau.

– Peut-être une forteresse qui avait des problèmes et qui s'est débarrassée de ses bombes. Il ont d'abord lancé des fusées. J'ai vu la lueur, j'ai cru qu'il y avait le feu. Je suis sorti et j'ai entendu des explosions terribles. Ça soufflait tellement que j'ai dû m'accrocher au mur.

Ils sont restés là tous les deux, comme s'ils étaient sur les bords opposés d'une crevasse, les yeux écarquillés, à répéter leurs « Ça alors ! », « Dis donc ! » et « Bon sang de bon sang ! ».

Il y a en effet de quoi être étonné, et j'imagine les ravages que pourrait faire un tel engin s'il tombait sur une maison : la nôtre par exemple, ou encore la ferme. Il s'en est fallu de peu, la nuit dernière. Rien qu'à y penser, j'en ai la chair de poule.

À ce moment-là, nous levons tous le nez, car un avion est apparu, à haute altitude. Il tourne, plonge, se redresse, comme s'il cherchait quelque chose.

– Qu'est-ce qu'il veut encore, celui-là ? dit Marceau.

Tout à coup, dans un grondement de moteurs, deux autres avions surgissent en rase-mottes de derrière le bois et passent juste au-dessus de nos têtes. Des Allemands : la croix noire, sous les ailes, est très visible. Tiens, il y a quelque temps qu'on ne les a pas vus, ceux-là ! Ils se dirigent vers l'autre appareil, réussissent à le rejoindre ; des mitrailleuses crépitent. Pendant quelques minutes, les trois avions tourbillonnent, puis l'un d'eux perd de l'altitude, laissant derrière lui une longue traînée de fumée. Il est trop loin pour que nous puissions l'identifier. Il s'éloigne lentement et finit par disparaître à l'horizon.

Le lendemain, alors que nous sommes en train de prendre notre petit déjeuner, les chiens dehors se mettent à aboyer furieusement.

– Il y a quelqu'un, dit Marceau, l'air inquiet. Je vais voir.

Aussitôt il se lève et sort dans la cour. Là, nous l'entendons crier :

– Qu'est-ce que c'est ? Qu'est-ce que vous voulez ?

Je quitte la table et je mets le nez dehors.

Là-bas, à l'entrée de la ferme, entre l'étable et la porcherie, il y a une silhouette bizarre, militaire, mais pas celle d'un Allemand – depuis le temps qu'on les voit, on sait à quoi ils ressemblent – un type jeune, nu-tête, avec un blouson, un pantalon kaki, devant lequel les chiens continuent à donner de la voix.

Il ne bouge pas, il regarde avec inquiétude les furieux qui montrent les dents, puis Marceau qui s'est avancé jusqu'au milieu de la cour et, avant de rappeler ses chiens, demande à nouveau :

– Vous voulez quoi ?

Alors l'autre :

– Ami. Aviateur américain.

– Américain ? dit Marceau, méfiant. Qu'est-ce que vous faites ici ? D'où vous venez ?

– Mon avion est tombé hier, par là ! (Et il fait un signe du bras en direction du sud.) J'ai sauté en parachute.

– Ah oui, c'est vrai, on l'a vu cet avion, dit Marceau. Venez, ne craignez rien.

Et il crie aux chiens : « Allez coucher ! À la niche ! », avec tant de vigueur qu'ils reviennent tête basse vers la maison, la queue entre les pattes.

Avec tout ce vacarme, les femmes sont sorties sur le seuil de la cuisine, et elles regardent bouche bée l'inconnu qui s'approche avec prudence. À leur air stupéfait, on pourrait croire que c'est un martien qui vient de tomber du ciel.

– Entrez ! dit Marceau. Vous n'êtes pas blessé, non ? Vous devez avoir faim.

– Très faim, dit l'autre. Je n'ai rien mangé depuis hier.

Et, très vite, il raconte que son avion de reconnaissance a été attaqué par deux chasseurs allemands. Son moteur a été touché et il a pris feu. Il a pu sauter en parachute. Il est tombé dans un endroit complètement désert et il a dormi dans un bois. Dès qu'il a fait jour, il a marché au hasard. Et voilà, il a vu la ferme!

– Tenez, dit Berthe, en posant sur la table du jambon et du fromage, voilà de quoi reprendre des forces. On était justement en train de déjeuner. Vous parlez bien français.

– Oui, merci, je l'ai étudié. Je me débrouille.

Il se jette sur la nourriture, et, entre deux bouchées, il demande s'il y a des Allemands dans le coin. Il faut qu'il se cache pendant quelques jours, une semaine peut-être.

Attendre, c'est ce qu'il a de mieux à faire. L'armée de Patton devrait arriver, mais quand? difficile à dire.

C'est un beau garçon d'une vingtaine d'années, grand, blond, aux yeux bleus: juste le genre qu'adore Solange, je le sais pour l'avoir entendue parler des acteurs de cinéma qu'elle préfère. Avec Raymond, on ne peut pas dire qu'elle soit gâtée car il est plutôt noiraud, de peau, de cheveux Mais on peut toujours rêver, et je sens que c'est ce qu'elle commence à faire en regardant avec des yeux extasiés l'Américain qui, de ses dents blanches et solides, mord vigoureusement dans le sandwich qu'il s'est confectionné.

– Bon ! dit-il. Merci. Ça va mieux !

Et quand il a terminé :

– Je m'appelle William. William Bradley.

Marceau dit que lui, il s'appelle Marceau, et que voilà sa femme, ses filles et un ami. Il dit : un ami.

William se lève et serre les mains.

– *How do you do !*

– Qu'est-ce que ça veut dire ? me demande Gisèle à l'oreille.

– « Enchanté ».

– Ah, bon !

Bien poli, l'Américain ! Tout le monde est impressionné, les femmes surtout, et je vois que les yeux de Solange commencent à papilloter. Si elle osait, elle irait mettre du rouge à lèvres et sa robe du dimanche ! Lui, de son côté, c'est clair, n'est pas indifférent aux deux filles, à Solange surtout, et ses sourires en disent long.

Berthe lui propose un autre bol de lait, il ne se fait pas prier, et quand il l'a bu, il demande où il pourrait se cacher, assez loin de la ferme. Si par hasard les Allemands venaient, il ne faudrait pas qu'ils le trouvent ici. Ce serait dangereux pour tout le monde. Est-ce qu'il n'y a pas, dans le coin, une forêt, un bois, un endroit isolé où il pourrait se planquer? Il dit «se planquer», ce qui prouve qu'il connaît bien le français en effet, et même les finesses de l'argot.

Les deux filles sont aux anges, et leurs mines commencent à m'agacer un peu.

– Si, justement, dit Marceau, il y a un endroit où j'ai caché mes chevaux, depuis quelque temps. Un bois assez profond, avec une ancienne marnière, et une espèce de grotte dans les broussailles. Ça n'est pas un palais, mais avec quelques brassées de fougère, vous y serez bien. Mon commis garde les chevaux tout près de là. Je lui dirai de vous donner un coup de main en cas de besoin. Et puis on ira vous porter du ravitaillement.

– C'est parfait! dit William.

Mais il ne semble pas pressé de partir. Il boit son bol de lait, et, entre chaque gorgée, il raconte la nuit qu'il vient de passer dans les buissons: «Avec les lapins, les chouettes et les étoiles», comme il dit. De toute évidence, il prend cette histoire du bon côté, et il est plutôt drôle, William. Je sens qu'au fond il préférerait rester ici, à la ferme, à faire le joli cœur avec les filles. Mais Marceau, lui, l'écoute à peine, et il jette dans la cour des regards inquiets.

– Bon ! dit-il, vaudrait mieux y aller tout de suite, on ne sait jamais. Je vous conduis.

Et il met sa casquette et ses bottes.

– Merci pour tout, dit William en se tournant vers Berthe et les filles. J'espère qu'on se reverra.

Au sourire que lui décoche Solange, je vois qu'elle l'espère aussi.

L'horloge sonne huit heures. Il commence à faire vraiment chaud ; les chiens sont couchés dans la poussière, à l'ombre du tilleul.

Je regarde les deux hommes s'éloigner dans la cour : William, très grand, avec sa démarche élastique, Marceau, un peu voûté, les jambes torses, de son pas de laboureur.

Ce n'est pas son père que Solange, rêveuse, suit des yeux.

Le lendemain, pendant que nous nous occupons à nettoyer l'étable, les deux filles et moi, je regarde du coin de l'œil Solange qui travaille avec une espèce de frénésie, comme si elle était pressée d'en finir. Je lui trouve un air bizarre. Quand on lui parle, à peine si elle écoute, et, si on insiste, on croirait qu'elle tombe de la lune: «Qu'est-ce que tu dis? Quoi?» Gisèle, qui n'a pas les yeux dans sa poche, elle aussi l'observe, avec un sourire narquois.

– Elle est amoureuse, me dit-elle en posant une pelletée de fumier dans la brouette. Là, comme elle est, tu vois, elle pense à son bel Américain!

– Qu'est-ce que tu racontes? Tais-toi, mauvaise! crie Solange, mais on sent bien qu'au fond elle n'est pas mécontente que l'on parle de William.

Ses yeux se sont mis à briller. Il y a un je-ne-sais-quoi de vif et d'impatient dans ses gestes. Une ardeur. Un élan. Amoureuse, Solange? c'est bien possible. J'ai lu quelque part que l'amour rend les filles plus belles. Et c'est vrai qu'elle est belle, ce matin-là, avec ses mèches blondes qui s'échappent du foulard, ses bras bronzés et ses lèvres rouges comme si elle les avait mordues. Même sa robe-sac où s'accrochent des brins de paille, et ses bottes tachées de bouse ont une espèce de charme.

– Il faut dire qu'il est plutôt séduisant, l'Américain, continue Gisèle. Je suis comme toi, Solange, les blonds aux yeux bleus, j'adore. Tu as vu comme il nous regardait, toi surtout !

– Moi, tu crois ?

– Allons donc, fais l'innocente ! Dis, Jean, tu ne trouves pas qu'il est beau, l'Américain ? plus beau que Raymond, en tout cas. Hein, qu'est-ce que tu en penses ?

Alors moi, prudent :

– Ça n'est pas le même genre...

– Gisèle, ça suffit ! crie Solange. Maintenant mêle-toi de tes affaires !

De toute évidence, en ce moment précis, elle n'a pas très envie de penser à Raymond, et, cette fois, elle jette à sa sœur un regard noir.

Mais il en faudrait plus pour arrêter Gisèle, qui continue de chantonner comme une gamine :

« Elle est amoureuse, elle est amoureuse ! », si bien que Solange finit par lui lancer à la tête une brassée de paille, que l'autre d'ailleurs esquive avec souplesse. Elles continuent de se chamailler tout en étalant la litière propre. Un avion passe soudain à très basse altitude au-dessus de la ferme, avec un tel fracas que nous baissons instinctivement la tête.

À peine sommes-nous rentrés dans la cuisine que Solange demande à sa mère :

– Est-ce qu'on peut aller porter le ravitaillement à Albert ?

– Jean ira, dit Berthe.

– C'est qu'il faudra prendre plusieurs sacs, et de l'eau. Ce sera lourd. Il y a aussi l'Américain.

– Eh bien alors, allez-y tous les deux.

Solange ne se fait pas prier. Voilà ce qu'elle devait manigancer en curant les vaches. Les sacs sont bientôt prêts : du pain, du fromage, du cochon salé, des pommes et deux gourdes que nous remplissons avec l'eau du puits.

Et nous voilà partis tous les deux : Solange d'abord, moi derrière, dans le chemin qui serpente entre les buissons. Elle marche d'un bon pas, comme si elle allait au bal, et bientôt je suis en sueur. La bretelle du sac me scie l'épaule, le grand soleil me tape sur le front. Je dis à Solange : « Pas si vite ! » mais c'est comme si je chantais. Heureusement nous finissons par gagner le couvert du bois de chênes où il fait un peu plus frais. Un ramier roucoule dans les hautes branches puis s'envole en froissant les feuilles.

Solange quitte le chemin qui mène vers la cachette des chevaux, et c'est en direction de la marnière que résolument elle bifurque. « William d'abord ! Albert peut bien attendre ! » C'est ce qu'elle dit. Elle sait ce qu'elle fait, Solange, rusée à sa manière, et, moi qui la regarde, j'ai le cœur un peu pincé en songeant qu'elle ne s'intéresse plus guère à moi que dans la mesure où je peux lui être utile pour ses manigances.

Fini le temps où elle me prenait sur ses genoux pour m'apprendre à traire !

Nous sommes maintenant sur un sentier mal frayé, plus étroit ; parfois même il faut écarter un buisson qui nous gifle le visage, mais Solange, qui mène la marche, sait où elle va, elle n'hésite pas un instant. Bien caché, l'Américain ! Ce serait vraiment le diable si les Allemands venaient fouiner par ici.

Nous arrivons au pied d'une espèce de falaise crayeuse, et là, derrière un bosquet d'acacias, je vois l'ouverture d'une petite grotte. L'Américain est assis sur un tronc d'arbre, près du seuil. En entendant nos pas, il s'est levé, l'air inquiet, mais il nous reconnaît à travers les branches. Il nous fait un grand signe du bras, et dit avec un large sourire :

– Hello ! Vous m'avez fait peur.

– Bonjour. On vous apporte à manger, dit Solange, tout miel.

– C'est gentil, très gentil.

– Vous avez faim ?

– Oui, très faim. Asseyez-vous donc...

Aussitôt il se coupe deux tranches de pain, un morceau de jambon, et il mord résolument dans le sandwich.

Entre deux bouchées, il nous interroge. Est-ce que nous avons écouté les informations ? Quoi de nouveau ?

– Pas grand-chose, répond Solange. Les Américains continuent d'avancer en direction d'Orléans, mais on ne donne pas trop de précisions, c'est bien normal. Et puis le poste est toujours brouillé. Hier soir, c'était terrible !

– Bon ! dit-il.

Au fond, il n'a pas l'air très pressé de retourner au casse-pipe. Il n'est pas mal, là dans la caverne, à se tourner les pouces et à roucouler avec une jolie fille. Il a une sorte de sourire chronique qui m'agace un peu, et celui de Solange encore plus. On se croirait au cinéma quand les amoureux se regardent les yeux dans les yeux. Au fond, elle avait raison, Gisèle!

Comme je commence à me sentir de trop, je dis:

– Et si j'allais porter ses provisions à Albert?

J'ai aussitôt l'impression qu'elle n'attendait que ça, Solange.

– Oui, dit-elle, c'est une bonne idée, il doit avoir faim, ce pauvre Albert.

William et elle se mettent à rire, assez bêtement me semble-t-il, comme s'il y avait là quelque chose de drôle.

– Ah, ce pauvre Albert, reprend William, tout seul avec ses chevaux! Ton père nous a présentés hier. Il est très gentil. D'ailleurs je trouve qu'il a un peu une tête de cheval, non?

Et les voilà qui se mettent à pouffer tous les deux, si bien que je leur tourne le dos et que je dis:

– Bon, j'y vais!

– Tu trouveras le chemin? demande Solange.

– Oui, bien sûr.

– Je te rejoins dans un petit quart d'heure.

Le pauvre Albert, comme ils disent, est en train d'étriller les chevaux, devant le hangar, et je ne peux pas m'empêcher de penser que, oui, après tout, avec son visage long et ses grandes dents, il n'est pas sans leur ressembler.

– Ah, te voilà, mon gars ! qu'est-ce que tu m'apportes de bon ? Comment ça va là-haut ? Ils sont pas encore arrivés, les Américains ?

– Pour l'instant, il n'y en a qu'un.

– Oui, je sais. Il est passé par ici hier, avec le patron. J'irai faire un tour jusqu'à la marnière cet après-midi pour voir s'il se débrouille. Mais je n'aime pas trop laisser les chevaux tout seuls. Tiens, pose ton sac sur le banc ! Je finis d'étriller Robespierre et je viens.

Robespierre tourne la tête vers moi et renâcle tandis que Marat broute des feuillages.

Je demande à Albert :

– Vous ne vous ennuyez pas ici ?

– Ma foi non ! J'ai à faire, mais pas trop quand même. Et quand j'ai fini, j'écoute les petits oiseaux.

– Et vous tuez toujours les mouches ?

– Tu parles ! Des taons, ici. Sales bêtes ! Ça pique méchant. Tiens, regarde ! Depuis ce matin.

Et il me montre sur le coin de la table une vingtaine de taons bien alignés.

– Tu as vu, mon gars?

Et il se frotte les mains comme devant un tableau de chasse. Parfois, on dirait un enfant, Albert!

On bavarde un peu tandis qu'il mange avec de grands bruits de mâchoires. Puis il rote, il pète en levant légèrement une fesse, enfin, les lèvres en cul de poule, il imite le rossignol, le merle, la perdrix, la tourterelle. Un artiste, à sa manière!

Le temps passe et Solange ne revient pas. Au bout d'une demi-heure, elle finit quand même par rappliquer, avec un air faussement innocent. Cette fois, de toute évidence, elle n'a pas envie de s'attarder.

– Allez! me dit-elle, on rentre. Il est tard. Ça va, Albert?

– Oui, ça va, mais la prochaine fois si vous pouviez m'apporter une bouteille de cidre, je dirais pas non. L'eau, c'est bon pour les grenouilles!

– Oui, on verra. Salut, Albert.

Vite nous repartons, Solange et moi, sur le sentier. Le soleil tape encore plus dur. Des avions passent, mais très haut cette fois. Solange marche en silence, moi je la suis et je n'ose pas lui poser de questions.

Quand on est arrivés près de la ferme, elle s'est retournée vers moi, elle a appuyé un doigt contre ses lèvres.

– Tu ne dis rien, Jean, pas un mot ! Compris ?

Au petit matin, je me réveille en sursaut. Quelqu'un tambourine contre une porte. Pas la mienne, celle de la cuisine plutôt.

Aussitôt j'entends Marceau qui se précipite dans le couloir.

– Qu'est-ce que c'est ? Qui est là ?

Et une voix répond, de toute évidence allemande :

– Oufrez ! Dout de suite !

– *Ja, ja*, crie Marceau.

Tout ce qu'il sait en allemand.

– *Ja, ja*, je viens !

J'entends, derrière ma porte, Berthe et ses filles qui chuchotent.

– Quoi ? Qu'est-ce que c'est ?

– Les boches, dit Solange.

Et Berthe, à voix basse :

– Tais-toi donc !

J'enfile ma chemise, ma culotte, et je rejoins les femmes dans le couloir, tandis que Marceau s'emploie maladroitement à rentrer sa chemise de nuit dans son pantalon.

Il traverse la cuisine, tourne la clef et tire les verrous de la grosse porte où l'on continue de frapper mais un peu moins fort.

Quand la porte s'ouvre, c'est en effet un Allemand qui apparaît, pas très jeune, la cinquantaine, l'air poussiéreux et fatigué. Un sous-officier sans doute; je pense: un sergent, bien que je ne connaisse pas très précisément les grades dans cette armée. Et derrière lui il y a cinq soldats casqués, le fusil à la main, qui n'ont pas l'air bien terrible, mais tous ces fusils ça donne quand même à réfléchir. Le bruit court qu'il ne faut pas plaisanter avec ces militaires en déroute, nerveux forcément, et qui parfois ont la gâchette facile.

Les Allemands nous regardent, Marceau, Berthe et moi. Les deux filles, sur un geste de leur mère, ont disparu dans les profondeurs de la maison. Tout de suite, je pense: ce doit être l'Américain qu'ils cherchent. Heureusement qu'il s'est planqué, comme il dit.

– Nous besoin chevaux, dit le sergent. Moteur camion *kaput*. Vous avoir chevaux.

La phrase n'est pas interrogative. Ce type est

pressé. Dans la ferme il y a forcément des chevaux, et il les veut tout de suite. De l'Américain, il n'est pas question.

– Chevaux, *schnell !*

Marceau, qui a juste fini de boucler sa ceinture et de boutonner sa braguette, se lance dans un discours.

– Capitaine, on n'en a plus de chevaux...

Et il explique que d'autres soldats allemands, des camarades à lui, sont passés il y a deux jours, et que les chevaux, ils les ont pris. Si c'est pas malheureux ! Et lui, avec quoi il labourera, à l'automne ?

– Montrez écurie, dit le sergent. *Schnell !*

– Bon, dit Marceau, je viens.

Il enfile ses sabots et il se dirige vers l'écurie, suivi des Allemands, qui ont l'air vraiment pressé : *Schnell, schnell !* Je me dis qu'ils ne sont pas jeunes, les militaires, et qu'ils seraient à leur place dans un fauteuil, au coin du feu. L'un traîne les pieds, un autre boitille comme quelqu'un qui a beaucoup marché et avec de mauvaises chaussures. Je me dis aussi que, pour les chevaux, ils peuvent toujours courir, ils n'iront pas les dénicher là où nous avons eu la bonne idée de les mettre. Ils auront beau fouiller dans toute la ferme, ils ne trouveront rien pour tirer leur camion ou leur chariot, si chariot il y a.

– J'aime pas ça, j'aime pas ça du tout! dit Berthe.

Les deux filles ont entrouvert la porte du couloir.

– Alors, où ils sont? Qu'est-ce qu'ils veulent? demande Solange qui, je l'imagine, pense à son William.

Quand elle apprend que ce sont des chevaux qu'ils cherchent, je vois bien, à son air soulagé, qu'elle s'en fiche des chevaux ou presque.

Par la porte de la cuisine, on voit, dans la cour, les Allemands qui entrent dans l'écurie, dans l'étable, dans les granges, puis disparaissent derrière les poulaillers, accompagnés de Marceau, qui continue de discourir.

On entend des caquets de volaille, et, quelques instants plus tard, les soldats reviennent, tenant par les pattes quatre poulets qui s'agitent frénétiquement.

– Merde, mes beaux poulets! Vous gênez pas! dit Berthe. Faites comme chez vous!

– Tais-toi, femme! dit Marceau, nerveux.

– Nous avoir faim, dit le sergent Toi nous donner pain et œufs. Nous payer.

En entendant le mot : payer, Berthe se calme un peu. Elle sort, en maugréant, un gros pain de la huche, une douzaine d'œufs du placard, et elle les pose sur la table.

Le sergent extrait de sa poche quelques billets froissés et les tend à Berthe, qui les regarde d'un air soupçonneux. Cet argent-là, savoir s'il a encore cours ! Elle finit quand même par le prendre.

– Marks. Bons, dit l'autre. Et chevaux, où trouver ?

Marceau hausse les épaules et, d'un geste vague, montre la campagne dans la direction opposée du bois où les siens sont cachés : la direction en revanche de la ferme voisine, et j'ai l'impression que ce n'est peut-être pas tout à fait par hasard, et que Marceau, au fond, ne serait pas mécontent si les chevaux de cette « canaille », comme il dit, devaient disparaître.

Les Allemands ne sont pas plus tôt sortis de la cour avec leur volaille qui continue de piailler, que Marceau grimpe à l'échelle qui conduit au grenier.

Je lui demande :

– Est-ce que je peux monter ?

– Oui, viens !

Le grenier sent la pomme, le blé et la poussière.

Par la porte, on voit toute la campagne et, là-bas, derrière une étendue de chaumes, quelques véhicules, garés au bord de la route, sous les arbres.

– Là, regarde ! dit Marceau. Si les avions anglais les repèrent, ça va cartonner !

De l'autre côté, sur le chemin de terre, la petite troupe s'éloigne en direction de la ferme des Rousson.

Tout à coup, il me semble que Marceau, qui les suit des yeux, est en train de sourire dans sa moustache.

– Faudrait que j'aille porter le ravitaillement, dit Solange.

– Non, reste ici ! crie Marceau.

– Pourquoi ?

– Reste ici, je te dis ! Tu t'occuperas des vaches. Ta sœur ira, avec Jean.

Solange hausse les épaules, l'air mauvais, mais elle n'ose pas protester.

Berthe a vite fait de préparer les musettes, je les passe à mes épaules, et nous voilà partis sur le sentier, Gisèle devant, qui tient les gourdes à bout de bras. Comme elle porte une robe légère et sans doute pas grand-chose dessous, c'est plutôt agréable à regarder. Mais, à part ça, elle est encore maussade, répond aux questions que je lui pose par oui ou par non, ou pas du tout. Ce serait pourtant bien, cette petite promenade, tous les deux, si elle voulait !

– Écoute ! je lui dis, hier j'ai écrit un poème pour toi. Je te le donnerai, ce soir.

– Ah, oui ? fait-elle, l'air narquois, sans même se retourner. Tu as du temps à perdre.

– Je ne le connais pas par cœur, mais il se termine comme ça :

« La vie est brève
Et vite tombe la nuit.
Ah, le baiser dont je rêve,
Donne-le-moi, je t'en prie ! »

Qu'est-ce que tu en penses ?

Elle hausse les épaules, avec l'air de quelqu'un qui s'en fiche de la poésie, et peut-être même de moi.

– Bah ! dit-elle, toujours la même histoire !

Comme je me suis rapproché d'elle et audacieusement pose une main sur son cou, elle me donne sur le bras une tape si forte que c'est tout juste si je ne pique pas du nez dans le talus. C'est qu'elle est robuste, la gaillarde, à force de brandir au bout d'une fourche des gerbes de blé, de porter des seaux et de pousser les brouettes de fumier.

– Bas les pattes ! dit-elle, froide comme une pierre.

Je proteste :

– Qu'est-ce qui te prend ? Tu n'étais pas comme ça, l'autre jour !

– Quel autre jour ?

– Ah, tu sais bien ! Dans le pré.

– J'ai oublié, et aujourd'hui c'est aujourd'hui !

J'ai vite fait de reprendre ma place sur le sentier, qui maintenant plonge vers le bois, entre deux buissons de mûres. Il fait plus frais sous les arbres, et les taillis sont si touffus que l'on ne voit plus rien du monde, et que tout le tohu-bohu de la guerre paraît très loin.

Nous approchons de la clairière et déjà j'entends renâcler un cheval. Les brindilles craquent sous nos pas. Là-haut, dans le feuillage, un merle s'égosille.

Albert est assis sur le banc, près de la cabane, en compagnie de William, qui devait s'ennuyer et qui est sorti, pour un moment, de son trou. Avec son couteau, Albert sculpte un serpent qui s'enroule autour d'une canne, et William le regarde.

– Salut, dit Albert en nous voyant déboucher dans la clairière. On commençait à avoir la dent. Vous êtes en retard. Quoi de neuf, là-haut ?

– Les Allemands sont passés ce matin, dit Gisèle.

– Vraiment ? dit William, en sursautant. C'est moi qu'ils cherchaient ?

– Non. Des chevaux.

– Bon! dit Albert, on les a bien eus, les boches! Ils sont partis?

– Oui, du côté de chez les Rousson. Je ne crois pas qu'ils viennent par ici, ils ont d'autres choses à faire. Mais enfin, vous devriez avoir l'œil.

– Sûr, dit Albert, et toi, William, tu ferais mieux de te planquer dans ton trou, on ne sait jamais.

Il ajoute qu'il va manger un morceau, et qu'il ira ensuite jusqu'à la lisière du bois pour surveiller les environs. Les chevaux, dans la cabane, ont l'air nerveux, et il ne faudrait pas que leurs hennissements les fassent repérer. Il donne quelques tapes affectueuses sur leur encolure, pour chasser les mouches, et il leur parle à l'oreille, il a l'habitude de le faire: pas vraiment des mots, mais une espèce de mélopée bizarre.

– Elle n'est pas venue, Solange? demande William, après qu'Albert se soit éloigné.

– Non, dit Gisèle. Elle s'occupe des vaches.

– Ah oui?

– Mon père n'a pas voulu qu'elle vienne.

– Pourquoi?

– Comme ça!

Là, je vois qu'il a l'air embêté. Il en pince pour

Solange, c'est sûr, et, comme elle aussi a l'amour en tête, tout pourrait arriver.

– Elle viendra demain?

– Je ne pense pas, dit Gisèle.

Il réfléchit un instant, en se mordillant les lèvres.

– Écoute, je vais te donner un petit mot pour elle. Tu le lui remettras, oui?

– Oui.

Il sort de sa poche un carnet, déchire une page, et, adossé à la cabane, écrit lentement avec un crayon qui aurait bien besoin d'être taillé.

Il plie en quatre le papier et le tend à Gisèle.

– Tiens, merci, tu es gentille! Débrouille-toi pour que personne ne te voie.

– Mon père a dit qu'il ne faut pas que vous bougiez. On a écouté Londres, ce matin. Si tout va bien, les Américains seront peut-être ici dans quelques jours. À demain.

– Oui, à demain. N'oublie pas ma lettre!

À six heures du soir, voilà Raymond qui rapplique, sur son vélo, l'air complètement excité. Les filles et moi, on vient juste d'étaler la litière fraîche pour les vaches, et, par la porte entrouverte, on le voit appuyer son vélo contre un mur et traverser la cour à grands pas.

Il y a encore quelques jours, quand il arrivait comme ça, Solange s'approchait de lui pour l'embrasser, lui dire des gentillesses, mais maintenant elle ne bouge pas, elle reste là près de nous, appuyée sur le manche de sa fourche ; je l'entends qui respire, et j'ai même l'impression que, pour un peu, elle se défilerait.

Depuis quelques jours, elle n'est plus la même, c'est évident. Raymond a bien dû s'en rendre compte, il faudrait qu'il soit aveugle, mais est-ce qu'il sait, comme je le sais, que si elle lui fait la tête c'est à cause du beau William ? Ça, je ne le jurerais pas, car, s'il n'est pas aveugle, il n'est pas très futé non plus, Raymond.

– Qu'est-ce qu'il y a? lui demande Marceau. T'en fais une tête!

Reprenant son souffle, Raymond dit:

– Les Allemands sont passés chez nous dans l'après-midi, les ordures! Ils ont pris les chevaux.

– Les trois?

– Oui, les trois. Le père est fou de rage.

– On t'avait bien dit de les planquer, s'écrie Solange. Si tu nous avais écoutés, tu les aurais encore tes chevaux! Mais, comme toujours, tu n'en fais qu'à ta tête!

Et elle se met à invectiver Raymond, qui prend un air de plus en plus éberlué.

– Silence, toi! crie Marceau. Va voir dans l'étable si j'y suis!

Puis se tournant vers Raymond:

– Sale histoire! C'est qu'il va falloir bientôt labourer. On pourra te prêter les nôtres, de temps en temps, on s'arrangera. Viens boire un coup, ça te changera les idées!

On entre tous dans la cuisine, où Berthe, d'un coup de torchon, chasse les mouches qui se sont agglutinées sur la table.

– Femme, apporte du cidre! glapit Marceau.

Il s'installe avec Raymond devant la bouteille, et ils se mettent à parler de la guerre, et qu'il serait temps que ça finisse, et que, les Allemands, il faudra qu'ils paient tout ce qu'ils nous ont pris, les salauds!

Pendant qu'ils discutent, j'aide les femmes à porter les seaux de lait dans la pièce voisine, où se trouve l'écrémeuse. Puis je tourne la manivelle, tandis que Gisèle et Solange préparent la baratte.

Quand il a fini de vider la bouteille avec Marceau, Raymond entre dans la laiterie, et il s'approche de Solange, qui lève à peine les yeux.

– Il faut que je rentre, dit-il. Le père est dans tous ses états. Et toi, qu'est-ce que tu as?

– Mais rien! Laisse-moi tranquille!

Gisèle me fait un petit signe et nous sortons en laissant là les deux tourtereaux qui continuent de se chamailler au-dessus du petit-lait. Dehors, la lumière commence à baisser. Une vache meugle dans l'étable, et un vol de pigeons tourne autour du toit de la grange.

– Il est pas content, le Raymond! Et s'il savait qu'elle a reçu un mot de William, il le serait moins encore. Je crois qu'il la tuerait! dit Gisèle, que cette perspective n'a pas l'air de trop inquiéter.

Pendant que nous traversons la cuisine, nous entendons au loin un grondement sourd.

Je dis :

– Tiens, il va faire de l'orage !

Mais Gisèle, qui tend l'oreille, dit que non, ce n'est pas le tonnerre. D'ailleurs le ciel est clair. On croirait des bombes.

– Ou plutôt le canon, dit Marceau qui est sorti sur le seuil. Oui, le canon, je l'ai assez entendu, en 1914, pendant l'autre guerre. Ça vient de par là, vers le sud...

La canonnade a duré toute la soirée, vers le sud : un roulement continu, qui occupait l'horizon. Elle s'est arrêtée avec la nuit. Puis des avions sont passés, très bas, dans un fracas de moteurs, mais il faisait déjà trop sombre pour que nous puissions les identifier.

Au moment où nous allions débarrasser la table, le courant a été coupé, et il n'est pas revenu. Marceau a juré : « Sacré nom ! Il ne manquait plus que ça ! », il a allumé son briquet, et Berthe est allée chercher à tâtons dans le placard une lampe à pétrole et des bougies.

C'est dans leur lumière jaunâtre et vacillante que les femmes ont fait la vaisselle, et nous sommes allés nous coucher encore plus tôt que d'habitude.

Les vieux ont disparu les premiers dans leur chambre, et je suis resté quelques instants dans la salle avec les filles. Elles se sont mises à chuchoter dans un coin, avec des mines de conspiratrices.

– Tu vas y aller, à ton rendez-vous? a demandé Gisèle à sa sœur.

– Oui, bien sûr!

– Maintenant?

– Non, plus tard, quand ils seront endormis.

– Et s'ils ont besoin de toi, cette nuit?

– Pourquoi ils auraient besoin de moi?

– On ne sait jamais.

– Eh bien, tant pis, je m'en fiche!

– Gare à toi si le père l'apprend.

– Je m'en fiche, je te dis!

À la voir comme cela, si résolue, l'œil brillant, je comprends qu'elle en pince vraiment pour ce William, qui bien sûr est beau garçon, mais qu'est-ce qu'elle sait de lui? depuis quand elle le connaît? à quoi ça mène? puisqu'il va forcément partir un jour ou l'autre, et alors adieu! Je me dis que les filles, quand elles sont amoureuses, elles sont capables de tout, rien ne les arrête, elles passeraient dans le feu.

Je la regarde, Solange. Ce n'est pas ce que l'on appelle une beauté, mais, ce soir, elle est presque belle. La beauté du diable, ce doit être ça! Moi, bien que je ne sois pas amoureux d'elle, je suis quand même un peu jaloux, je dois l'admettre. Je me répète que c'est Gisèle que j'aime, cette peste qui ne me regarde pas plus qu'une guigne. Je dois dire qu'elle est assez belle, elle aussi, dans la lueur de la bougie qu'elle tient à la main. Ses yeux, ses cheveux luisent. Elle et sa sœur, on croirait des sorcières : de jolies sorcières.

– Tu devrais pas rester là-bas trop longtemps, dit Gisèle. Tu prends une torche électrique ?

– Oui, ça peut servir, mais il y a du clair de lune. Et toi, dit-elle en me regardant dans les yeux, quoi qu'il arrive, pas un mot ! Muet, comme une carpe. Compris ?

– Bien sûr.

On finit par se séparer. Chacun rentre dans sa chambre, son bougeoir à la main. Une fois dans la mienne, je regarde par la fenêtre, et en effet une lune ronde luit sur la campagne où tout à l'heure Solange va se faufiler vers son William, qui l'attend. Je l'imagine en train de marcher, de courir presque sur le sentier. Elle traverse le bois, elle évite la cabane où dort Albert et où sont cachés les chevaux, elle écarte les buissons, elle entre dans la grotte. Ce qui se passe ensuite, je n'aime pas trop y penser.

Quand je me lève, je trouve toute la famille dans la salle. Les bols sont sur la table. Berthe, penchée sur la cuisinière, où le feu craque, prépare le petit déjeuner. Elle dit que la lumière est revenue pendant la nuit : ce n'était pas trop grave. Mais c'est Solange que je regarde du coin de l'œil, et je m'étonne presque de ne pas la trouver changée. Est-ce qu'elle est vraiment allée le rejoindre, son William ? Si oui, personne ne s'est aperçu de son absence, et j'en suis soulagé, car je redoutais un drame. Pour une raison ou pour une autre, Marceau appelle sa fille, il rentre dans sa chambre, s'aperçoit qu'elle est vide, réveille toute la maisonnée, vocifère : « Où elle est allée, cette garce ? » Il interroge Gisèle : « Tu le sais, toi. Parle ! » Il la prend par le bras, la secoue. « Tu vas parler, hein ! Gare à toi ! » Et déjà il prend sa ceinture et, d'une main, s'apprête à frapper, tandis que Gisèle protège son visage. « J'en sais rien. Elle n'a rien dit ! » Et l'autre, levant la ceinture : « Menteuse ! »

Voilà ce que j'avais imaginé quand je m'étais

réveillé au milieu de la nuit; j'avais tendu l'oreille et toute la maison était silencieuse; seule l'armoire légèrement craquait. Par les fentes des volets filtrait le clair de lune. Rassuré, j'avais fini par me rendormir.

Et maintenant, dans cette cuisine où le soleil glisse ses premiers rayons, et où déjà bourdonnent les mouches, c'est Solange que je regarde. Elle a les «petits yeux» de quelqu'un qui a passé une nuit blanche ou presque. Elle n'a pas l'air d'entendre ce qu'on lui dit. Plusieurs fois, elle bâille sur son bol.

– Qu'est-ce que t'as à bâiller comme ça? dit sa mère. T'as mal dormi? T'es malade?

– Non, non. Ça va, c'est rien!

– Dépêche-toi. Faut sortir les vaches.

– Oui, j'y vais.

Marceau a allumé le poste de radio, sur le buffet. «Ici Londres. Les Français parlent aux Français.» L'oreille collée contre le haut-parleur, il essaie de saisir ce que dit une voix nasillarde, à travers d'horribles chuintements. Il a sur le visage une expression douloureuse, comme s'il souffrait d'une rage de dents

L'air furieux, il glapit:

– Sacré nom de Dieu! Silence, les femelles!

Elles se taisent un instant, puis reprennent leur conversation à voix basse, tandis que le poste continue à moudre les sons. Enfin on entend la ritournelle quotidienne : « *Radio Paris ment, Radio Paris ment, Radio Paris est allemand* » à laquelle succède une musique déchiquetée.

Marceau tourne le bouton. Il relève sa casquette, se gratte le front, avec un grognement.

– Alors ? demande Berthe.

– Alors quoi ?

– Qu'est-ce qu'ils disent ?

– Ce qu'ils disent ? Si tu crois que c'est facile à comprendre avec ce sacré brouillage et le boucan que vous faites. Il y a eu un débarquement hier, en Provence. Les Américains continuent d'avancer en Normandie, et, par ici, du côté d'Orléans. Ça approche !

Solange prend un air inquiet et fait une espèce de grimace. Bien sûr, elle ne doit pas être pressée qu'ils arrivent, les Américains, et qu'ils récupèrent son William. Peut-être même qu'elle ne serait pas mécontente que les Allemands les repoussent de l'autre côté de la Loire, et que rien ne bouge plus.

Elle se lève, cache derrière sa main un nouveau bâillement.

– Bon, j'y vais, dit-elle.

À ce moment-là, des avions passent encore au ras des toits, et tous instinctivement nous rentrons la tête dans les épaules. Quand nous sortons, ils ont déjà disparu.

Dans l'étable, j'aide les filles à détacher les vaches, qui s'agitent et mugissent. Les chaînes cliquettent contre la pierre des mangeoires.

– Alors, tu l'as vu? demande Gisèle, à voix basse.

– Bien sûr.

– Comment t'as fait pour sortir? T'es passée par ta fenêtre?

– Oui, les chiens n'ont pas bougé, ils m'ont tout de suite reconnue. Il y avait du clair de lune... William m'a dit qu'il m'aime, qu'il n'a jamais rencontré une fille comme moi, et qu'il veut m'emmener en Amérique quand la guerre sera finie. Tu te rends compte, l'Amérique! New York, c'est là qu'il habite.

– New York! dit Gisèle, extasiée, comme si on lui parlait de la lune.

– Oui.

Elle est intarissable, Solange: William ci, William ça, et tout ce qu'il lui a raconté: ses parents, sa maison, sa vie quand il était gosse. Il a fait des tas d'études, il sera ingénieur lorsqu'il rentrera chez lui, il paraît que ça gagne bien.

Moi, je l'écoute et je me demande ce qu'ils ont bien pu faire toute la nuit; ils n'ont quand même pas passé tout ce temps à discuter.

Je la regarde entre les croupes des vaches. Elle est appuyée contre une mangeoire, dans une flaque de lumière, belle vraiment tout à coup, avec ses cheveux couleur de miel, ses bras nus hâlés par le soleil, sa robe droite qui laisse deviner sa poitrine, ses hanches, et remonte un peu sur les cuisses. Belle, oui, et je me dis que l'amour lui va bien et que, si Gisèle était amoureuse, elle serait plus belle encore. Oui mais, voilà, ça n'a pas l'air de tellement l'intéresser. Peut-être qu'il lui faudrait un Américain à elle aussi!

– Et Raymond, dit Gisèle, qu'est-ce qu'il devient dans tout ça?

Solange hausse les épaules, comme quelqu'un qui s'en fiche.

– Raymond, je me demande ce que je pouvais bien lui trouver. Il ne voit pas plus loin que le bout de son nez. Au fond, il n'y a que sa ferme qui l'intéresse, et ce qu'il veut c'est une femme qui puisse turbiner du matin au soir. Il peut toujours courir! Je suis comme toi, maintenant, j'ai pas envie de passer ma vie à la queue des vaches!

Pour l'instant, les vaches, elles commencent à s'énerver: celles que nous avons détachées se sont groupées devant la porte, et les autres meuglent et remuent leurs chaînes.

Quelques hirondelles volent au ras des poutres du plafond. Il commence à faire vraiment chaud, et, dans l'étable, l'odeur est forte.

– Bon, il faut y aller, dit Gisèle. Si on ne se dépêche pas, le père va rappliquer. Il était pas commode ce matin!

On se glisse tous les trois entre les bêtes, et on a vite fait de les libérer. Les filles les appellent par leurs noms: «Allons, du calme, Blanchette. Eh, la Rousse, recule!» Une fois tirée la porte à glissière, les vaches se précipitent vers la mare où, les pattes dans l'eau, elles boivent longuement.

– Tiens, Jean, tu pourrais les conduire à la prairie, dit Berthe. Tu connais le chemin, et, avec les chiens, c'est facile.

Je demande à Gisèle:

– Tu ne viens pas, toi?

– Non, ce matin, on fait le beurre.

– Eh bien, je vais essayer de me débrouiller tout seul.

Les deux chiens jappent et poussent les bêtes vers le chemin creux, derrière la ferme. Je les suis, un bâton à la main.

Au sud, le canon s'est remis à tonner.

Après tout le remue-ménage des jours précédents, il y eut comme une accalmie. Accalmie si on peut dire, car, dans la journée, on entendait encore passer des avions et, la nuit parfois, les maudites forteresses, mais les Allemands avaient disparu et les Américains n'arrivaient toujours pas. De temps en temps le canon se mettait à gronder au loin, vers le sud, sans que l'on puisse très bien évaluer à quelle distance.

On ne comprenait pas grand-chose à ce que racontait Radio Londres : il y avait l'affreux brouillage, et les informations restaient vagues, sans doute pour ne pas renseigner l'ennemi. Tout ce qu'on savait, c'était qu'Orléans avait été prise le 18 août, et que l'offensive continuait. Mais où se trouvait la colonne américaine ? Mystère !

Le facteur avait apporté une autre lettre de ma mère. Elle me disait qu'elle avait bien reçu celle que je lui avais envoyée, qu'à Montargis on en était toujours au même point, et que les Allemands n'étaient pas encore partis. Mais, à vrai dire, le courrier circulait mal, et sa lettre avait mis quatre jours à me parvenir.

– Alors, qu'est-ce qui se passe? demandait William quand on allait lui porter le ravitaillement. Vous avez des nouvelles?

Mais il nous interrogeait de plus en plus mollement, et j'avais l'impression qu'au fond il s'en fichait, et qu'il n'était pas si pressé que ça de les voir arriver, ses compatriotes.

Pas plus pressé que Solange, qui filait en douce, chaque nuit, bâillait de plus en plus pendant la journée; et, un soir même, alors qu'elle était occupée à traire, elle s'était endormie, la tête contre le flanc d'une vache. Il avait fallu que Gisèle la secoue pour la réveiller.

Il y avait tant de choses à faire que les journées passaient vite. Vers les six heures, le petit déjeuner terminé, chacun se mettait au travail: Berthe à la laiterie ou à la cuisine, les filles et moi à l'étable, pour curer les vaches. Puis il y avait les poules, les lapins à nourrir. Et le cochon. Je m'en chargeais, d'Adolf. J'ouvrais la porte, il se levait, grognait frénétiquement et me regardait avec passion. Je lui disais: «Bonjour. Ça va? Tu as faim?» Je versais dans l'auge un seau de petit-lait, du son, des pommes de terre bouillies. Il se jetait dessus avec voracité. Je l'aimais bien, Adolf, même si son odeur était un peu forte. Parfois j'avais envie de le laver à grande eau, mais les filles riaient et disaient que laver un cochon, ça ne se faisait pas.

– Vous êtes bien copains tous les deux. Qui se ressemble s'assemble ! disait Gisèle, qui avait toujours des mots aimables.

Moi alors :

– Il y a des cochons qui sont plus gracieux que certaines filles !

Ou quelque chose du même genre. Le ton était donné, on n'en finissait plus.

Après le déjeuner, je menais les vaches dans la prairie. Je m'asseyais avec les chiens sous l'arbre favori de Gisèle, près de la rivière. Il y avait, dans le courant, de longues herbes qui ondulaient lentement comme des cheveux de filles, et, au ras de l'eau, volaient des libellules bleues.

Je lisais *Werther*, je m'exaltais, je souffrais au récit de ces amours romantiques et malheureuses, parfois j'avais presque les larmes aux yeux.

J'aurais bien voulu que Gisèle m'accompagne comme le premier jour, mais sa mère disait que je me débrouillais très bien tout seul maintenant, et qu'elle préférait la garder à la maison pour faire la lessive ou de la couture.

Le soir, à mon retour, pendant que Solange et Gisèle trayaient les vaches, j'étalais dans l'étable la paille fraîche, et je portais les seaux à la laiterie.

Un matin, j'étais allé faner, avec Berthe et ses filles, dans le pré que Marceau avait réussi à faucher, quelques jours plus tôt. Nous étions partis dès l'aube pour retourner à coups de fourche le foin, déjà presque sec et qui embaumait. Marceau était resté à la ferme, car il craignait que les Allemands reviennent ou des rôdeurs. Au fond, on était mieux sans lui, on pouvait rire et plaisanter, car il n'était pas là pour nous rappeler à l'ordre.

Il faisait presque frais dans la vallée, et nous étions rentrés, nos fourches sur l'épaule, avant la chaleur de midi.

Marceau, lui, passait ses journées à maugréer qu'il aurait fallu le rentrer, ce foin, et commencer les labours.

Depuis qu'il avait planqué ses chevaux, il ne pouvait plus faire grand-chose, à la ferme. Il tournait en rond, bricolait dans le cellier, houspillait pour un rien sa femme et ses filles.

C'était Gisèle et moi qui étions chargés, la plupart du temps, de porter le ravitaillement à

Albert et William. Marceau avait interdit à Solange de quitter la ferme, mais évidemment elle ne se donnait même plus la peine de protester.

Raymond arrivait le soir, à bicyclette, se chamaillait avec Solange, qui faisait grise mine ou résolument lui tournait le dos. Il était de plus en plus sombre à cause de ses chevaux disparus, des scènes que lui faisait son père et de la morosité de Solange qu'il devait trouver incompréhensible.

– Ça passera, lui disait Berthe. Elle est nerveuse. Avec tous ces événements !

– J'en ai assez. Je ne viendrai plus ! disait-il.

– Bon débarras ! criait Solange.

Mais c'était plus fort que lui, le lendemain il était là.

Il en avait contre le monde entier, et, dans sa rage, il disait qu'il allait sortir son fusil de chasse de sa cachette et qu'il tirerait sur les Allemands, s'ils revenaient. On verrait ce qu'on verrait !

– Fais pas l'imbécile ! disait Marceau. Un fusil de chasse, tu te rends compte ! Tu as vu comment ils sont armés, eux ?

Raymond finissait par se calmer, mais je pensais à Solange, à William, et je n'aimais pas beaucoup cette histoire de fusil.

Si Raymond ne comprenait rien aux filles, je dois avouer que je n'y comprenais pas grand-chose non plus. Soudain Gisèle était devenue tout miel, elle qui m'avait plutôt habitué au vinaigre. Sourires, voix douce, battements de cils, je ne la reconnaissais plus. Étaient-ce les amours de sa sœur qui lui avaient donné des idées? L'envie? Le dépit? La jalousie? Ou bien s'était-elle découvert pour moi des sentiments jusqu'alors endormis? Quoi qu'il en fût, je m'étais remis à espérer.

Chaque matin donc, nous partions tous les deux pour porter le ravitaillement. On prenait le chemin creux, derrière la ferme, puis le sentier à travers champs, qui se faufilait entre des bosquets, avant de pénétrer dans le bois. Trois kilomètres, c'était l'affaire d'une demi-heure! Comme désormais on était d'humeur plutôt joyeuse, on ne se pressait pas de trop. Gisèle marchait devant, ses paniers à la main, je la suivais et je me disais: «Aujourd'hui je l'embrasse!», mais le temps passait et je n'arrivais pas à me décider. Je me souvenais d'avoir reçu quelques tapes vigoureuses, et je craignais de nouveaux caprices. Je me répétais : « Elle a l'air d'être dans de bonnes dispositions. Allons, lance-toi, imbécile ! » et je maudissais ma timidité.

Un matin, vers le milieu du trajet, alors que nous longions un petit bois, elle me dit :

– Qu'est-ce qu'il fait chaud ! Je suis en sueur. On s'arrête un peu à l'ombre.

Elle s'enfonce dans le bois, pose ses paniers et s'assoit sous un chêne.

– C'est joli par ici, hein ? Tu ne t'assieds pas ?

– Si.

J'enlève mes musettes et je m'installe près d'elle, qui me regarde d'un air bizarre, comme si elle avait une brume dans les yeux. Cette fois je me dis : « Tu ne peux plus reculer ! » Je pose un bras sur ses épaules, je la tire vers moi ; elle ne résiste pas, elle soupire.

Je l'embrasse sur la bouche avec une soudaine résolution. Elle ferme les yeux, mais, cette fois, elle entrouvre les lèvres, et notre jeu ne semble pas lui déplaire. À moi non plus d'ailleurs, et j'ai le sentiment que nous avons fait quelques progrès.

Pourtant, au bout de quelques minutes,

comme j'ai du mal à respirer et que je commence à m'ennuyer un peu, je me dégage, j'appuie sa tête contre mon épaule, et, après quelque hésitation, je glisse une main dans le décolleté de sa robe et la pose sur sa poitrine. Elle ne proteste pas. C'est doux et tiède, et, en écartant un peu la toile, j'aperçois un sein dont la pâleur contraste avec la teinte basanée des bras et du cou. Est-ce à force de s'occuper des vaches, il me semble qu'il monte de sa peau une odeur de lait, pas désagréable d'ailleurs.

Puis, doucement, on a basculé dans l'herbe, et on est restés comme ça, serrés l'un contre l'autre, à s'embrasser du bout des lèvres. Je me sentais bien, et je me répétais : « Il faut que je lui dise : je t'aime », mais, je ne sais trop pourquoi, je n'arrivais pas à prononcer ces mots. Bizarrement, je ne pouvais pas m'empêcher de penser à Solange.

Une tourterelle roucoulait sur la cime d'un arbre, des rayons de soleil perçaient le feuillage et posaient sur le visage et sur la robe de Gisèle des éclats tremblants de lumière.

Enfin elle s'est redressée, elle a dit qu'il fallait y aller, sinon on serait en retard et elle se ferait houspiller par son père.

Elle a enlevé les brins d'herbe sur sa robe et

dans ses cheveux, et on a rejoint le sentier. Elle marchait devant moi d'un pas décidé, et j'ai eu l'impression que déjà elle avait repris ses distances et son air têtu.

Le lendemain, elle se laissa embrasser et caresser à nouveau, mais quand j'essayai d'aller un peu plus loin, elle dit non, et me prit la main comme dans un étau.

Un soir, j'osai même gratter à la porte de communication entre nos chambres, en espérant qu'elle m'ouvrirait, mais elle n'entendit pas ou fit semblant de ne pas entendre. D'ailleurs, après cet accès d'audace, je fus presque soulagé, car ses parents dormaient de l'autre côté du couloir, et j'imaginais ma honte si nous leur avions donné l'occasion de nous surprendre ensemble.

Solange, c'était une autre histoire. Elle partait chaque nuit rejoindre son William, et j'imaginais que leurs rencontres ne restaient pas aussi innocentes. Elle était de plus en plus belle, avec des élans joyeux, et parfois un air dolent. Je sentais en elle quelque chose d'obscur, de sauvage, qui me troublait. Je me souvenais du jour où elle m'avait assis sur ses genoux pour m'apprendre à traire, et où j'avais senti son corps contre moi, mais maintenant cela paraissait impossible. Je surprenais aussi les regards que sa sœur posait sur elle et où je devinais tour à tour la curiosité, l'envie et parfois comme une espèce de haine.

Gisèle demandait :

– Alors, comment ça va avec ton William ?

– Ça te regarde ? Occupe-toi de tes affaires ! disait Solange.

Et elle prenait un air buté. J'avais l'impression que maintenant elle se méfiait de sa sœur.

En revanche, s'il lui arrivait de se trouver seule avec moi, elle devenait plus bavarde, surtout quand j'étais de retour de la corvée de ravitaillement. Elle m'interrogeait comme si elle n'avait pas vu William la nuit précédente. « Qu'est-ce qu'il faisait ? Qu'est-ce qu'il t'a raconté ? Il t'a parlé de moi ? » Je lui disais qu'il était en train d'aider Albert à soigner les chevaux, ou bien qu'il nettoyait sa grotte, ou encore qu'il coupait de la fougère pour regarnir sa couchette, ou qu'il prenait un bain de soleil. Elle m'écoutait, les yeux brillants, comme si je lui avais parlé du Bon Dieu. J'aurais aimé lui faire plaisir en lui disant que William m'avait parlé d'elle, mais, comme ce n'était pas le cas, il m'aurait fallu inventer, et je m'en sentais incapable. En réalité, en dehors du premier jour où il nous avait confié la lettre, il ne faisait pas allusion à Solange. C'était comme si elle n'avait pas existé. Peut-être que lui aussi se méfiait de Gisèle, qui toujours m'accompagnait. Mais parfois je me demandais s'il l'aimait, Solange, autant qu'elle le croyait, et si, dès qu'elle avait tourné le dos, il ne pensait pas à autre chose. Quand je le voyais avec son visage lisse, ses yeux bleus que l'on aurait dits transparents, je ne sais pas pourquoi, mais je n'arrivais pas à croire qu'il était amoureux.

Je me disais que, si j'avais été à sa place, j'aurais pensé à ça du matin au soir, et que forcément les gens l'auraient vu. Je lui en voulais, à William, de ne pas être plus passionné, mais en même temps je n'étais pas fâché que Solange se fasse des illusions.

Tout cela était bien compliqué, et je me disais aussi que, d'une manière ou d'une autre, cette histoire finirait mal : Marceau risquait de s'apercevoir que Solange s'échappait pendant la nuit, et alors elle passerait un mauvais quart d'heure, ou bien les Allemands captureraient William, ou encore il lui faudrait partir avec les troupes américaines, et, dans ce cas, est-ce qu'il reviendrait comme, semblait-il, il l'avait promis ? J'en doutais. Elle allait pleurer, Solange, et Raymond ne serait sans doute pas là pour la consoler. Moi non plus, et d'ailleurs est-ce que j'aurais été capable de consoler une femme comme Solange ?

Il y avait des moments aussi où je me disais que je voyais tout en noir, et qu'après tout elle avait peut-être raison quand elle nous parlait de l'Amérique et faisait des projets mirobolants.

Si elle ne disait pas grand-chose de William, surtout devant sa sœur, en revanche, au sujet de l'Amérique, elle se montrait intarissable, au point que, dans ma naïveté, je me demandais si ses rendez-vous avec William ne se passaient pas à écouter les histoires qu'il lui racontait.

Un après-midi, elle m'accompagne pour garder les vaches dans le pré. Elle s'assied sur un talus et pose sur ses genoux son tricot et ses aiguilles. Elle a besoin de parler, je le sais. Moi, je suis étendu dans l'herbe, appuyé sur un coude, et je l'écoute. Les vaches paissent à l'ombre des peupliers, et les deux chiens, les oreilles dressées, les surveillent.

Quand nous sommes à la ferme, Solange a toujours peur que ses parents l'entendent, mais ici elle peut s'exprimer librement.

– Il faut cinq jours sur un paquebot grand comme une ville pour faire la traversée jusqu'à

New York, dit-elle. Je suis sûre que je le prendrai un jour ce bateau, mais il faut d'abord que la guerre soit finie. Là-bas, il y a des maisons hautes comme la tour Eiffel, des lumières partout, des magasins immenses. Tout le monde a sa voiture, le téléphone, un frigidaire, des tas de machines, et même des machines à laver le linge et la vaisselle. Tu te rends compte! William dit que ses parents ont un grand appartement, une villa au bord de la mer et deux autos. Quand on voyage, on peut rouler tout droit sur des milliers de kilomètres, on traverse un pays où il y a des Indiens, des bisons, des ours, des arbres avec des troncs gros comme des maisons, et on n'en voit même pas le sommet!

– Tu aimerais vivre là-bas?

– Bien sûr. Avec William. Il m'emmènera avec lui dès qu'il pourra. Tu crois que ça va durer encore longtemps, cette guerre? Ah, je voudrais tellement partir!

Et elle répète qu'elle en a vraiment assez de la ferme, de ses parents, de son père surtout, de sa sœur, et des vaches. Encore, l'été, ce n'est pas trop mal, mais l'hiver, avec le ciel gris, le brouillard, la pluie, la boue, c'est affreux! Et puis, en plus, il y a la guerre, même si la guerre on ne la sent pas trop ici, sauf depuis quelques semaines, et, question nourriture, on se débrouille.

– J'ai dix-huit ans, dit-elle. Dix-huit ans dans cette prison, et bientôt je serai vieille.

Je proteste :

– Allons donc !

– Si, si, les années passent vite à toujours faire la même chose. Toi, tu es jeune, tu vas au collège, tu voyageras, tu auras une vie intéressante... Moi, si je me mariais avec Raymond, qu'est-ce qui serait changé ? il ne se passerait jamais rien. Mais maintenant j'ai William.

Quand je l'entendais rêver comme ça, les yeux ailleurs, je ne sais où, peut-être déjà en Amérique, elle me faisait peur, Solange, et je me disais que, si elle devait tomber, elle tomberait de haut, et que ça risquait de faire mal. Mais parfois aussi je commençais à y croire.

Ce jour-là, dans le pré, j'y crois presque à ses histoires, et, avec elle, je commence à rêver. Moi aussi, j'aimerais aller en Amérique et voir les gratte-ciel, les ours, les Indiens : les Indiens surtout ! J'ai lu et relu avec passion *Le Dernier des Mohicans.*

Je dis à Solange :

– *I want to go to America.*

– C'est vrai que tu étudies l'anglais au collège.

T'as de la chance. Moi, je suis pas comme Gisèle, je travaillais bien en classe, j'aurais voulu aller aux écoles, mais pas question ! on avait besoin de moi à la ferme.

– William ne te l'apprend pas, l'anglais ?

– Quelques mots : *I love you*, *kiss me*, mais il parle très bien le français, et puis on n'a pas le temps.

– Je vais t'apprendre, moi. Répète : *I want to go to America.*

Elle avance les lèvres, mâche les mots comme si c'était des pommes de terre trop chaudes.

– Répète ! Oui. Encore. C'est mieux !

Mais tout à coup elle se dresse et se met à houspiller une vache qui a franchi le gué et est en train de paître dans le pré du voisin. Les chiens se précipitent, et ils ont vite fait de ramener au galop la fugitive.

Les ombres des peupliers s'allongent sur la prairie, Solange regarde le soleil qui décline à l'horizon, et elle dit que, bon ! il n'est pas loin de six heures et qu'on va rentrer.

À peine a-t-on rassemblé les bêtes que le canon se remet à tonner, vers le sud, mais beaucoup moins loin, cette fois, du côté de Montargis, on dirait.

– Tu entends ! Ça se rapproche, dit Solange. Allez, on file !

À son air inquiet, je soupçonne qu'elle n'est toujours pas pressée de les voir arriver, les Américains.

Pourtant il y eut encore une journée de calme, ou presque. Je veux dire qu'il ne se passait rien de vraiment nouveau. La routine ! On entendait toujours la canonnade, parfois proche, parfois lointaine, des avions patrouillaient dans le ciel, de temps à autre un bombardement grondait comme un orage. J'avais l'impression que c'était du côté de Montargis, je pensais à mes parents, et mon cœur se serrait.

Marceau écoutait Ici Londres, l'oreille collée sur le poste de TSF, qui faisait toujours son bruit de moulin à café. Il nous résumait en quelques mots ce qu'il avait cru entendre : les troupes françaises et américaines continuaient d'avancer en Provence, mais, dans notre secteur, on ne savait toujours pas très bien où l'armée de Patton en était.

Quant à Solange, elle disparaissait toujours une partie de la nuit, et, le soir, dans l'étable, lorsqu'elle trayait les vaches, elle nous parlait encore de l'Amérique. C'était devenu une obsession : des autos grandes comme ça – elle nous montrait la longueur de l'étable – et de toutes les couleurs, des magasins où l'on peut acheter tout ce qu'on veut, des restaurants automatiques où il suffit de glisser des pièces dans une fente, et on est servi! «Tu t'imagines?» Tout ça lui tourbillonnait dans la tête.

Moi, je l'écoutais et je regardais ses bras nus, sa nuque, son visage, dans l'espoir d'y découvrir je ne sais quoi: un bleu, la trace d'une griffure, d'une morsure, qui m'auraient un peu renseigné sur leurs ébats nocturnes. Mais non: rien! À peine des cernes d'un mauve léger, délicat, sous les yeux, et de temps à autre des bâillements de chat qu'elle n'arrivait pas toujours à cacher avec sa main.

Raymond, on ne le voyait plus aussi souvent. Au début, il venait pratiquement chaque soir faire sa cour à Solange, mais maintenant je suppose qu'il en avait assez des disputes, des criailleries et de la mauvaise humeur de la belle. Il jurait que c'était fini, qu'il ne reviendrait plus. Il tenait pendant deux ou trois jours, mais c'était plus fort que lui, il l'avait dans la peau, Solange, et, chaque fois, il devait espérer qu'il se produirait un petit miracle. Bien à tort, car Solange lui tournait le dos, répondait à ses questions par des grognements. Il était évident qu'elle ne pouvait plus le souffrir.

Il faut dire aussi que, comparé à William, il n'était pas à son avantage, Raymond. Quand il arrivait sur son vieux vélo, le buste droit, sa casquette rabattue sur le front, en pédalant, les jambes un peu écartées, il n'avait pas l'air de sortir d'un film de Hollywood. Et puis, lui, il ne pouvait pas parler de l'Amérique !

Il se faisait même houspiller par Marceau, car il lui avait raconté qu'il avait sorti son fusil de chasse de sa cachette et qu'avec d'autres jeunes, dans son coin, il allait tendre une embuscade, quand les Allemands se replieraient.

– Ne faites pas les imbéciles, disait Marceau. Vous aurez bonne mine avec vos malheureux fusils ! Ils ont de vraies armes, eux !

– On a des cartouches de chevrotines. C'est méchant. Et il y a même un copain qui a une mitraillette.

– Ne bougez pas, je vous dis. Vous allez vous faire massacrer. Et nous avec.

Mais il n'en démordait pas, Raymond. Il voulait jouer au soldat, faire le coup de feu. Sans doute que, lui aussi, il s'ennuyait dans sa campagne, avec l'interdiction de chasser ; et la guerre, au fond, c'est la grande distraction, il ne voulait pas manquer ça. Et peut-être aussi qu'il avait envie de se rendre intéressant aux yeux de Solange.

Je le regardais enfourcher son vélo et, se dandinant sur la selle, traverser la cour. Il prenait de la vitesse et tournait derrière l'étable, pour réapparaître un peu plus tard sur le chemin.

Je me disais que s'il faisait l'imbécile, Raymond, il se ferait sûrement trouer la peau. Je ne sais pas pourquoi je ne pouvais pas m'empêcher d'imaginer son cadavre.

Une nuit, je suis réveillé par des éclats de voix, à l'intérieur de la maison, de l'autre côté du couloir : les voix de Marceau et de Solange, je les reconnais aussitôt. Il est déchaîné, Marceau, lui qui d'habitude n'est pas très loquace.

– Où tu étais, hein ? Ça fait plus de deux heures que tu es partie !

– Je suis allée me promener, je pouvais pas dormir.

– Te promener ? Tu me prends pour un imbécile ? Tu me feras pas croire que t'es allée regarder les étoiles ! Ah, je comprends, tu es allée voir l'Américain, avoue !

Et il commence à la traiter de tous les noms : garce, traînée, roulure. Tout à coup il ne manque pas de vocabulaire, Marceau.

Il a dû prendre Solange par les cheveux ou quelque chose comme ça, et il doit tirer bien fort, car elle pousse des ouille et des aïe de plus en plus frénétiques.

J'ai entrouvert ma porte qui donne sur le couloir, et je vois Gisèle, sur le seuil de sa chambre, en chemise de nuit, qui, elle aussi, écoute.

– Ça devait arriver, qu'elle me dit, à voix basse. Je l'avais prévenue, mais tu sais comment elle est. Ça va chauffer, gare à la ceinture!

En effet il a dû la prendre sa ceinture, Marceau, et il s'en sert pour fouetter Solange, qui maintenant pousse des glapissements sauvages.

– Tiens, prends ça, garce! Et ça encore!

Puis on entend la voix de Berthe:

– Arrête maintenant, ça suffit. Elle a compris.

Mais lui, furieux, on dirait qu'il ne peut pas s'arrêter, lancé comme il est.

– Tiens, saleté!

Il a quand même fini par se calmer. Lorsqu'on a vu s'ouvrir la porte de l'autre côté du couloir, on est rentrés en vitesse dans nos chambres, Gisèle et moi. Je n'entendais plus que les sanglots de Solange, là-bas, derrière la cloison, puis ils se sont peu à peu affaiblis. De temps en temps, elle reniflait comme un gosse qui n'a pas de mouchoir.

Dehors, il y avait de la lune, je le voyais par les fentes des volets. Dans la cour, les chiens s'étaient mis à aboyer.

Le lendemain matin, l'atmosphère était plutôt tendue. Marceau, l'air sombre, buté, refermé comme une pierre, ne regardait personne. Nous, on parlait à voix basse, et on filait doux. On sentait bien que, d'un instant à l'autre, l'orage pouvait éclater. Solange ne disait rien, elle buvait son lait debout près de la cuisinière, sans doute pour ne pas se trouver à table avec son père. De temps en temps, quand elle bougeait, elle faisait une grimace, car la raclée qu'elle avait reçue pendant la nuit devait avoir laissé des traces cuisantes. On voyait sur sa joue une marque rouge que la ceinture avait imprimée.

Marceau plie son couteau, il se lève.

– Je vais voir les chevaux.

Puis, se tournant vers Solange, il ajoute, d'une voix terrible :

– Toi, tu ne bouges pas d'ici, c'est compris ? Sinon, gare à toi !

En même temps que les chevaux, est-ce qu'il va aller voir William ? Et, si oui, que pourra-t-il bien lui dire ? Après tout, ce n'est pas lui qui est venu courir après Solange. Peut-être qu'il préférera se taire, Marceau.

Et puis William est jeune et fort. S'ils devaient en venir aux mains, il est probable que Marceau n'aurait pas le dessus. D'ailleurs ce n'est pas l'audace qui l'étouffe ; il est assez malin pour apprécier les situations, et il doit se dire aussi que, William, il ne va pas tarder à disparaître et qu'on ne le reverra plus. Bon débarras ! Le seul ennui, ce serait qu'il ait laissé à Solange un petit souvenir. Ça, c'est une idée qui doit le faire enrager.

Une fois Marceau sorti, je m'approche de Solange et je lui demande, à voix basse :

– Comment tu te sens ? Tu as mal ?

– Oui, le dos surtout. Et puis la jambe, là. Mais c'est pas ça le pire.

Je crois comprendre que, le pire, c'est que maintenant elle aura bien du mal à revoir William, car son père va la tenir à l'œil.

– Cesse de geindre, dit Gisèle. Tu aurais dû faire attention, je te l'avais bien dit.

– Ah, tais-toi !

Par la fenêtre, je vois que Marceau est en train de traverser la cour, une fourche à la main. Soudain il s'arrête, il tend l'oreille en direction de la route d'où vient, me semble-t-il, un bruit de moteurs.

C'est à ce moment-là que la canonnade éclate, tout près cette fois, car les vitres se mettent à vibrer et les chiens à hurler dans leurs niches.

Marceau a posé sa fourche sur le sol, et, à grands pas, le buste un peu courbé, il se précipite vers l'échelle, appuyée contre la façade, et qui mène au grenier. Il la gravit en vitesse et, sur le seuil de la porte, se retourne pour observer les environs.

– Qu'est-ce que tu vois? demande Berthe.

– Il y a un convoi, là-bas, sur la route de Monvert: des camions, des voitures avec des chevaux, et deux automitrailleuses, à la lisière du bois, qui sont en train de tirer. Et on leur tire dessus, je vois des obus tomber des deux côtés de la route. Cette fois, on est bons! Y pouvaient pas aller se battre ailleurs!

– Descends, crie Berthe. Sois raisonnable. Y vont te repérer, te tirer dessus!

Mais il ne bouge pas, en haut de son échelle, fasciné on dirait. Seulement, quand deux avions passent avec rage au-dessus des toits, il rentre la tête dans les épaules. Des chasseurs américains qui se mettent à mitrailler le convoi, tandis qu'une batterie antiaérienne riposte. Une fumée noire s'élève derrière le bois.

– Il y a un camion qui brûle, dit Marceau. Les autres se planquent sous les arbres.

– Descends, ne fais pas l'imbécile! crie Berthe.

Et, cette fois, il dévale de son échelle et se précipite vers nous.

– Bon Dieu! il y a des tanks qui arrivent. Ça va chauffer!

Le vacarme devient vite assourdissant: les moteurs grondent, la canonnade redouble, les explosions se succèdent du côté de la route.

Il ne sait plus où donner de la tête, Marceau. Il dit qu'il faudrait lâcher les vaches, au cas où les bâtiments prendraient feu. Nous nous précipitons tous dans l'étable, nous détachons les bêtes à la hâte, et nous les poussons vers le parc dans lequel aussitôt elles s'égaillent. Des hirondelles affolées tournent au-dessus des toits, le nuage de fumée s'épaissit et masque le soleil. Enfin, courbant l'échine, nous regagnons la maison, Marceau ferme les volets, et on reste là, dans la salle, à écouter le tintamarre, qui fait trembler les vitres et la vaisselle dans le buffet.

Je me suis assis sur un banc, avec les filles, près

de la cuisinière. Je n'en mène pas large, mais leur présence me rassure. Gisèle est là, tout contre moi ; je sens la tiédeur de sa jambe contre la mienne. Sans réfléchir, je prends sa main, qu'elle ne retire pas.

De temps en temps, Marceau entrebâille la porte pour observer la cour déserte où rien ne bouge, sauf l'un des chiens qui s'approche, la queue entre les pattes, et que Marceau chasse avec un juron : « Va coucher, carne ! »

Presque midi, mais personne ne parle de manger. Puis le vacarme s'apaise, on n'entend plus qu'un bruit de moteurs, et soudain, là-bas, de l'autre côté de la cour, deux voitures hautes sur roues apparaissent, chargées de soldats qui bondissent et, leur fusil à la main, se collent contre le mur de l'étable.

– Qu'est-ce que c'est ? demande Berthe. Des Allemands ?

– Non, dit Marceau, qui ouvre tout grand la porte. Non, regarde les casques, les uniformes. Les Américains !

Il sort sur le seuil, agite les mains pour montrer qu'il n'est pas armé. Là-bas, l'un des soldats lève son fusil et le pointe dans sa direction.

– Ne bouge pas ! Tu es français ? Oui ? Bien ! Il y a des Allemands par ici ?

– Français, oui, crie Marceau. Nous tous Français. Il n'y a pas d'Allemands.

Les autres s'avancent vers nous, l'œil aux aguets, méfiants d'abord. En nous voyant de près, ils prennent confiance, les fusils s'abaissent. Tout le monde se met à sourire. On se serre la main.

L'un d'eux nous explique que les Allemands ont décroché en abandonnant derrière eux quelques camions qui brûlent. C'est terminé. Les tanks les poursuivent.

Je regarde ces soldats jeunes, souriants, aux uniformes propres et neufs, qui sentent l'essence, la poudre et le tabac blond. Ils ont remonté leurs casques sur leur front en sueur, et justement ils allument des cigarettes, nous en offrent, mais ici personne ne fume.

– Vous voulez boire un coup ? demande Marceau. Du cidre ?

– De l'eau, s'il vous plaît, demande celui qui semble être le chef. De l'eau bien fraîche, si vous avez.

– Gisèle, va donc avec Jean tirer de l'eau au puits ! dit Marceau.

Gisèle tourne la manivelle qui grince, tandis que le seau descend en raclant les parois. Lorsqu'il remonte débordant, avec un bruit de cascade, je l'apporte aux soldats qui aussitôt y plongent leurs quarts de métal. Puis, après avoir bu, ils s'aspergent le cou, le visage.

– On a un copain à vous, dit soudain Marceau, un aviateur américain qui est tombé dans le coin il y a une dizaine de jours de ça.

– Où il est? demande le chef, très intéressé.

– Par là, dans un bois: un endroit où on a aussi caché nos chevaux.

– C'est loin?

– Dans les trois kilomètres.

– On y va!

– C'est pas vraiment un chemin.

– Aucune importance! Ces voitures-là passent partout, dit-il en montrant les jeeps.

– Tiens, Jean, tu vas les conduire jusque là-bas, me dit Marceau qui, déjà échaudé, veut de toute évidence veiller sur ses filles.

– Oui, bien sûr!

– Alors, allons-y! dit le chef, qui saute dans la jeep, se met au volant et me fait signe de m'asseoir à côté de lui.

Trois soldats montent derrière, et les autres restent à la ferme.

La jeep fonce sur la piste et cahote dans les ornières. Une compagnie de perdrix s'envole devant nous et va atterrir plus loin dans un chaume. Le sergent, qui s'appelle Fred, me dit-il, m'interroge : Je fais partie de la famille ? Où sont mes parents ? Montargis ? Ah oui, il y était il y a deux jours. Non, il n'y a pas eu de vraie bataille. Quelques accrochages. Pas trop de dégâts. Il ne faut pas que je m'inquiète.

– Tu veux une cigarette ? Non, tu ne fumes pas. Du chewing-gum alors ? Oui ? tiens ! C'est encore loin, cette grotte ? Dans le bois, là ? Bon.

De temps en temps, il traduit, pour les trois autres qui sont derrière. J'essaie de leur parler en anglais. Ils s'exclament : *Good !*

On entre dans le bois. Bientôt surgit la clairière. Albert est là debout, près des chevaux, les bras ballants, l'air ahuri.

Je crie :

– Les Américains sont arrivés, tu vois !

Il se précipite à grands pas dans notre direction.

Il jette sa casquette en l'air et se met à rire.

Mes compagnons regardent, étonnés, ce grand imbécile qui se trémousse et fait des grimaces.

Je leur dis :

– Faites pas attention, il est comme ça. Il est content de vous voir, c'est tout !

Dans l'ombre des chênes, les deux chevaux nous observent, renâclent et agitent leurs crinières.

– Où il est, ce William ? demande Fred.

– Un peu plus loin, dans le bois, mais on ne peut pas y aller en voiture, les arbres sont trop serrés. Je vais aller le chercher.

Ce sera long ?

C'est l'affaire de dix minutes.

– Bon ! On t'attend ici.

Tandis qu'il s'approche des chevaux et leur caresse le front, en connaisseur, je m'enfonce dans le taillis, sur le sentier que je connais bien. Il fait presque frais dans l'ombre plus épaisse ; une tourterelle gémit sur la cime d'un arbre, et je la vois s'envoler en froissant les feuilles. Je marche très vite, impatient d'apprendre à William les nouvelles, et c'est tout essoufflé que je gravis la pente qui mène à la grotte.

Il n'y a personne près de l'entrée, ni à l'intérieur. J'appelle :

– William, oh William ! C'est moi, Jean, je viens te chercher !

Aussitôt je vois une tête surgir d'un buisson.

– Ah, tu es venu ! Tu es seul ? Il y a eu un boucan terrible ce matin. Qu'est-ce qui s'est passé ?

Je lui explique la situation : ses copains sont

arrivés, il y en a quatre qui l'attendent, près des chevaux, avec une jeep.

Lui aussi se met à rire et à danser comme un gosse. Il dit qu'il vient tout de suite, que son sac est prêt, juste quelques trucs à ramasser.

Il s'agite, roule sa couverture, donne un coup de pied d'adieu à sa litière, et, sans plus de cérémonie, il s'engage sur le sentier, à grandes enjambées.

Je lui crie :

– Ah, il faut que je te dise. Il est arrivé quelque chose, cette nuit. Son père s'est aperçu que Solange avait filé. Il était furieux, naturellement. Il l'a attendue et il lui a flanqué une correction.

Ces nouvelles n'ont pas l'air de l'émouvoir, il continue de marcher comme si de rien n'était, sans même se retourner.

– Tu m'as entendu ?

– Bien sûr que je t'ai entendu ! Elle lui a dit où elle était ?

– Non. Il a eu beau taper, je crois qu'elle n'a rien avoué. On l'entendait pleurer dans toute la maison.

– Et toi, tu sais où elle était ?

– Oui. Elle ne pouvait pas s'empêcher de

nous parler, à Gisèle et à moi. Elle en pince vraiment pour toi !

– Pince ?

– Oui, elle t'aime, quoi... Tu le sais.

– C'est possible.

– Et toi ?

– Oh, moi ! Je la trouve gentille. N'est-ce pas qu'elle est gentille ?

Il hoche la tête, mais je sens bien qu'au fond il s'en fiche, qu'il ne pense plus qu'à une chose : sortir d'ici, retrouver ses copains, et retrouver la guerre, qui est si propre, si jolie. Et puis plus tard, rentrer en Amérique, avec tout au plus quelques agréables souvenirs.

C'est donc comme cela qu'il est, William, séduisant, charmant, léger. Soudain j'ai pitié de Solange, qui va encore pleurer, mais en même temps je dois admettre, avec une sorte de honte, que je ne suis pas mécontent. Je demande.

– Tu vas partir ?

– Il le faut bien.

– Mais tu reviendras ?

– Peut-être, qui sait ? dit William. Mais je ne crois pas.

– Pourtant il paraît que tu as promis de revenir la chercher. Elle y croit, elle.

– Ça, c'est embêtant... Elle oubliera. Ne t'en fais pas pour elle. Les femmes, tu sais...

– Non, je ne sais pas.

Nous rejoignons les autres dans la clairière. Ils gesticulent, donnent de grandes tapes dans le dos de William, ils parlent tous ensemble et si vite que je n'y comprends rien. Albert les regarde avec des yeux ronds. Les chevaux, surpris par ce vacarme, s'agitent et se mettent à hennir, si bien qu'Albert doit les calmer en leur flattant l'encolure.

– *Well, let's go !* dit Fred.

Nous montons tous dans la jeep, sauf Albert qui, perplexe, nous suit des yeux.

Je lui explique que le patron veut qu'il reste ici pour l'instant, qu'il ne bouge surtout pas. Il viendra bientôt le voir.

La jeep démarre en trombe, les roues mordent l'humus, et, quelques minutes plus tard, nous émergeons du bois dans la chaleur et la grande lumière de midi.

Il conduisait en virtuose, Fred. On est entrés dans la cour à toute allure, au milieu d'un nuage de poussière et d'un tourbillon de volaille. Le soleil au zénith tapait sur les toits : pas un nuage, pas un souffle de vent. Fred a freiné, et on s'est arrêtés à l'ombre du hangar, près de l'autre jeep, à laquelle s'étaient jointes deux automitrailleuses. Les soldats, une vingtaine maintenant, avaient enlevé leurs casques et ouvert le col de leurs chemises. Dans un poste de radio chuintait une voix nasillarde. À l'odeur du blé se mêlait cette odeur douceâtre de tabac blond, qui pour moi resterait longtemps celle de l'Amérique.

William a sauté de son siège, et à nouveau tout le monde s'est mis à parler si vite que je n'y comprenais rien.

À ce moment-là, j'ai vu Solange qui sortait de l'étable, de l'autre côté de la cour. William aussi l'avait vue, de toute évidence, mais il continuait de parler avec ses copains comme si de rien n'était Elle a hésité pendant quelques secondes, en jetant un coup d'œil autour d'elle, puis elle a posé sa fourche contre le mur et elle s'est mise à traverser la cour dans notre direction.

Placé où il était, William ne pouvait plus faire semblant de ne pas la voir. Il a eu un sourire forcé, un peu comme une grimace, il a levé une main à hauteur de son épaule, et il a dit « Hello ! », comme s'il saluait une vague connaissance. Il avait l'air plutôt gêné devant les autres, et à nouveau j'ai pensé : au fond il s'en fiche et peut-être même qu'il a honte. Si elle avait été une fille de la ville, avec une belle robe, des talons hauts et du rouge à lèvres, il aurait été flatté, William, et il aurait fait une autre tête. C'est vrai que sa robe-sac, sa peau hâlée et ses bottes salies par le fumier lui donnaient un air plutôt rustique. Mais, moi, je la trouvais belle comme ça, et si c'était pour moi qu'elle avait traversé la cour, sous les regards des soldats qui l'observaient d'un air goguenard – et l'un d'eux s'était même mis à siffler ! – je n'aurais vraiment pas eu honte.

William d'ailleurs semblait s'être ravisé. Il a quitté la petite troupe, et il s'est dirigé vers Solange, qui continuait de marcher. Ils se sont rejoints au milieu de la cour, et ils se sont mis à parler, elle surtout, mais ils étaient trop loin pour que je puisse les entendre. De plus, la radio continuait de nasiller dans la jeep, et un soldat, adossé au moteur, aboyait de temps en temps dans un micro.

Moi, je regardais Solange, debout dans le soleil, et je la voyais toute tendue vers William. Il y avait de l'inquiétude, du désarroi sur son visage, et en même temps comme une espèce de lumière. Maintenant c'était William qui parlait, et il devait essayer de la rassurer, lui raconter je ne sais quoi : qu'il lui fallait partir, qu'il reviendrait bientôt. Des mensonges bien sûr, mais peut-être qu'en les disant il finissait par y croire à moitié. En tout cas, c'est l'impression qu'il me donnait avec l'air charmeur qu'il savait prendre dans ces moments-là.

C'est alors que Marceau est sorti de la cuisine et qu'il les a vus tous les deux dans le soleil. William aussi l'avait vu, et il a dû dire à Solange : « Attention, voilà ton père, il a l'air furieux, il vaudrait mieux que tu t'en ailles ! » ou quelque chose de ce genre, et au fond il devait être soulagé que tout s'achève comme ça : contraint, forcé, il n'y pouvait rien.

Tout de suite, Marceau s'est mis à crier :

– Qu'est-ce que tu fais là-bas ? T'as pas compris hier ? T'en veux encore ? Allez, disparais, va t'occuper des vaches !

Tous les soldats s'étaient tournés vers la cour, et ils écoutaient ces vociférations, l'air ahuri, puis quelques-uns ont commencé à rire.

Comme elle ne bougeait pas, Solange, têtue, butée comme une mule, Marceau s'est dirigé vers elle, pas trop vite, par prudence peut-être à cause de William, à qui d'ailleurs il n'avait pas adressé la parole ; et il continuait d'aboyer :

– Tu m'entends, oui ? Tu vas obéir ? Allez, file !

C'est William qui s'est mis à reculer, et il devait dire à Solange : « Va ! Il vaut mieux que tu partes, ça ne sert à rien... » si bien qu'elle a fini par tourner les talons, à regret on le voyait, et elle s'est dirigée vers l'étable. Elle a pris sa fourche contre le mur, elle est rentrée et elle a refermé la porte à glissière.

Marceau, calmé, est retourné vers la maison. Un petit avion de reconnaissance américain est passé lentement, à basse altitude. Au loin, vers le nord, on entendait des coups de feu, puis le martèlement d'une mitrailleuse, et j'ai pensé que c'était peut-être Raymond et ses copains qui avaient tendu leur embuscade, et étaient en train de se faire massacrer par les Allemands en retraite.

Je serais bien allé rejoindre les filles dans l'étable, mais, à cause des soldats qui riaient et plaisantaient, j'avais honte de traverser la cour. Alors je n'ai pas bougé, je suis resté près d'eux, et c'est de ma lâcheté que j'ai eu honte.

L'avion a disparu derrière le bois ; les coups de feu continuaient de claquer au loin, puis tout à coup, à cause sans doute d'un ordre qu'avait transmis la radio, les Américains se sont précipités vers leurs véhicules, ils ont crié : « Au revoir ! *Bye bye !* Vous êtes tranquilles maintenant, les Allemands sont partis ! » et ils ont démarré.

Solange avait entrouvert la porte de l'étable, et elle faisait des signes de la main à William qui, de la jeep qui l'emportait, répondait mollement. Un instant plus tard, la cour était vide.

C'est alors seulement que je suis allé dans l'étable.

Elles étaient là toutes les deux dans la pénombre : Gisèle, assise sur une mangeoire, sa jupe retroussée sur les cuisses, et Solange, debout, à côté d'une vache. Solange parlait d'une voix mouillée de sanglots. De temps en temps une grosse larme glissait sur sa joue, qu'elle essuyait du revers de la main.

– T'en fais pas, il reviendra ! disait Gisèle. Il te l'a promis.

– Oui, bien sûr. Mais quand ? Ça, personne ne le sait, avec cette guerre qui n'en finit pas !

– Ça peut pas durer bien longtemps maintenant. Tu as vu comment les Allemands se débinent.

– Oui, mais quand même il faudra attendre !

Puis se tournant vers moi :

– C'est toi qui es allé le chercher, William, cet après-midi. Qu'est-ce qu'il t'a raconté ? Il était comment ? À peine si j'ai pu lui parler, avec mon père qui hurlait et ses copains qui rigolaient... Qu'est-ce qu'il t'a dit ?

– Il m'a dit qu'il était très triste de partir, qu'il aurait voulu rester avec toi...

J'aurais raconté n'importe quel mensonge pour la consoler et qu'elle s'arrête de pleurer.

– Et il m'a dit qu'il t'aime.

– Vraiment ? Ah, tu es gentil, Jean !

Elle a souri un peu, et elle a reniflé comme une gamine.

– T'as pas de mouchoir ? a demandé Gisèle.

– Non.

– Tiens, prends le mien !

Solange s'est mouchée, puis elle a dit qu'il fallait traire. Le père n'allait sans doute pas tarder de rentrer avec les chevaux, et, à cause de toutes ces histoires, il serait d'une humeur massacrante. Elle a ajouté que ça n'était pas une vie : toujours travailler du matin au soir, se faire engueuler et, en plus, recevoir des coups. La brute ! À peine si elle pouvait se pencher tellement elle avait mal au dos. S'il n'avait tenu qu'à elle, elle serait partie tout de suite avec les Américains, n'importe où et même à la guerre, pourvu qu'elle soit avec William. Tout plutôt que la ferme, les vaches, le fumier ! Ah oui, plus tard, elle irait en Amérique !

Elle s'était assise sur un trépied, et, son foulard noué sur la tête, le front appuyé contre le flanc de la bête, elle s'était mise à traire, avec cet air pensif, presque somnolent qu'elle prenait à ces moments-là.

– Et toi, tu iras en Amérique? m'a-t-elle demandé. Ça te plairait, hein?

J'ai dit que oui peut-être, mais que c'était plutôt en Afrique que je voulais aller.

Et Gisèle a dit que, pour elle, ce serait Paris. Dès qu'elle serait majeure, elle mettrait les voiles; les vieux, ils n'y pourraient rien!

Elles ont continué à rêver comme ça, toutes les deux; le lait tintait contre la paroi des seaux, et, de temps à autre, on entendait encore des coups de feu, mais plus lointains.

Moi, je déliais des bottes de paille, et je mettais de la litière fraîche sous les bêtes, qui doucement ruminaient. Quelques hirondelles volaient en silence entre les poutres. Après toute l'agitation de la journée, il y avait soudain quelque chose de paisible dans cette étable, comme si la guerre avait enfin cessé.

– Tes parents vont sûrement venir te voir, a dit Solange.

– Oui, je l'espère, maintenant que les routes sont libres. Je n'ai pas eu de nouvelles depuis quatre jours.

– Tu crois qu'ils vont t'emmener?

– Je n'en sais rien, c'est possible.

– Ce serait mieux si tu restais. Avec toi, au moins, on a de la distraction.

– C'est vrai, a dit Gisèle. Ça nous change un peu des vaches.

Ce genre de réflexion, je ne savais pas trop comment il fallait le prendre. J'ai regardé Gisèle, et j'ai vu tout de suite qu'elle n'avait pas son sourire ironique. Au contraire, elle me regardait avec une espèce d'émotion. Elle était comme ça, Gisèle: pas mauvaise au fond, avec des instants de tendresse. Mais l'ennui c'est qu'ils ne duraient pas!

À ce moment, j'ai entendu des voix et des piétinements dans la cour. J'ai entrouvert la porte. C'était Marceau et Albert qui rentraient avec les chevaux. Retrouvant la ferme après une longue absence, les bêtes hennissaient et agitaient leurs crinières. Puis je les ai vus s'approcher de la mare, flairer l'eau et boire longuement. Ainsi dressés contre le soleil couchant, ils me paraissaient énormes. Autour d'eux, dans la lumière dorée du soir, tourbillonnaient des nuées de moucherons. Les poules gloussaient et grattaient la poussière. Des pigeons roucoulaient sur le toit du hangar.

– Demain matin, on va chercher le foin, a dit

Marceau. Et l'après-midi on commence les labours. On n'a que trop tardé.

Les chevaux, arrachant leurs sabots à la boue, se dirigeaient vers l'écurie, suivis d'Albert, qui leur parlait à voix basse.

Par instants, on entendait encore des coups de canon, mais de plus en plus lointains et espacés.

À la tombée de la nuit, la lueur rougeâtre d'un incendie est apparue à l'horizon. Je l'ai regardée longtemps par la fenêtre de ma chambre, avant de me coucher, et l'inquiétude a succédé au soulagement, comme si j'avais pressenti l'approche de quelque malheur.

Terrassé par la fatigue, j'ai fini par fermer les volets, et je me suis glissé dans mon lit.

En effet, mes parents sont arrivés le lendemain matin. Dès qu'ils avaient appris le départ des Allemands, et que la circulation n'était plus interdite, ils avaient pris la route.

Je les ai vus entrer à bicyclette dans la cour de la ferme. Aussitôt ma mère s'est précipitée vers moi, et elle s'est mise à m'embrasser avec une sorte de voracité, comme si j'étais un gamin. Pourtant, comme j'étais vraiment heureux de la revoir, je me suis laissé faire. D'autant plus que les filles, occupées dans l'étable, n'étaient pas témoins de la scène.

C'est bizarre comme certains souvenirs restent vifs dans l'esprit. Ma mère, je la revois comme si c'était hier, dans la clarté limpide du matin, épanouie, souriante, avec son casque de cheveux noirs, ses bras nus et sa robe bleu pâle que j'aimais.

Les Marceau ont invité mes parents à déjeuner, et, pendant le repas, tout le monde parlait à la fois avec des oh! et des ah! pour raconter les péripéties de ces derniers jours, et comment les Allemands avaient fini par déguerpir. Ils disaient que Paris s'était soulevé, et que la division blindée du général Leclerc s'approchait de la ville pour la libérer. Ce n'était plus qu'une question de jours. Bientôt la guerre serait finie. À l'idée de vivre en paix, et quelques verres de cidre aidant, nous étions tous joyeux, sauf Solange qui, je savais bien pourquoi, gardait un air mélancolique.

Au moment du départ, Marceau m'a serré la main en disant que c'était malheureux de perdre un bon commis comme ça; puis j'ai embrassé Berthe et les filles. Gisèle, j'aurais bien voulu la voir toute seule et l'embrasser autrement, mais, dans ce tourbillon, je savais que ce n'était pas possible.

J'ai dû me contenter d'une joue qu'elle me tendait assez gentiment d'ailleurs, mais elle n'avait pas l'air particulièrement ému, ou alors elle cachait bien son jeu. Ému, je l'étais, moi, et, à Gisèle, j'aurais voulu dire je ne sais quoi d'affectueux, de tendre: « Tu vas me manquer! », « C'est triste de partir! » et pourquoi pas enfin: « Je t'aime. » Devant tout ce monde, je n'osais pas. Alors je lui ai seulement serré la main un peu plus fort, et, par cette pression de mes doigts sur les siens, j'ai essayé d'exprimer ce que je ressentais. Gisèle m'a jeté un regard vague. Décidément, je ne la comprendrais jamais!

Pourtant elle est venue avec Solange nous reconduire jusqu'au chemin. Et là c'est Solange qui soudain m'a embrassé à nouveau sur les deux joues, avec émotion, mais je savais à quoi elle pensait.

J'ai dit:

– Ne t'en fais pas, ça s'arrangera.

J'ai failli ajouter: «Il reviendra, ton William!», mais, au dernier moment, je n'ai pas pu, les mots me sont restés dans la gorge.

Alors j'ai dit seulement:

– À bientôt, on se reverra...

Puis j'ai sauté sur mon vélo et j'ai appuyé sur les pédales pour rejoindre mes parents, qui déjà s'éloignaient.

Avant de disparaître derrière la haie, je me suis retourné une dernière fois. Solange et Gisèle étaient toujours là, immobiles au bord du chemin, comme deux gamines, et, du bras, elles m'ont fait le même geste d'adieu.

Les deux chiens s'étaient assis près d'elles, le nez en l'air, et eux aussi me regardaient partir.

Les mois suivants, on a eu quelques occasions de se revoir lorsque je venais chercher du ravitaillement avec mon père, mais toujours en coup de vent; à cette époque-là, je ne sais pas pourquoi, il était toujours pressé. C'était bonjour bonsoir ou presque, et je n'ai jamais retrouvé le charme doux-amer de cette saison de soleil et de vacarme, qui reste dans ma mémoire comme l'été américain.

J'avais quand même le temps de demander à Solange si elle avait reçu des nouvelles de William. Elle disait non, rien, pas un mot, et elle ne savait même pas où il se trouvait: sur le front peut-être et il n'avait pas la possibilité d'écrire, mais, une fois la guerre finie, il reviendrait.

Contrairement à ce que nous avions espéré, la guerre continuait dans le nord, et lorsqu'elle s'acheva l'année suivante, William bien sûr ne revint pas et n'écrivit pas non plus. Peut-être Solange continua-t-elle d'espérer pendant quelque temps, puis elle se referma et ne parla plus de l'Amérique.

Plus tard encore, les années passant, je cessai d'aller à la ferme. J'étais entré au lycée, je bûchais le programme du baccalauréat, et si de temps en temps il m'arrivait de penser à la Frissonière, en général j'avais l'esprit ailleurs.

Puis je suis allé étudier à Paris, et quand il m'arrivait de revenir à Montargis, je demandais à mon père : « Comment ça va chez les Marceau ? Solange ? Gisèle ? » – « Ça va, ça va... »

C'est lui qui m'a appris le mariage de Solange avec Raymond et leur installation aux Montils. Plus tard, Gisèle a épousé un paysan du coin et après la mort de Marceau puis de Berthe, elle a continué d'exploiter la Frissonière.

Je suppose que ni Solange ni Gisèle, avec un mari, des enfants, les travaux et les soucis de leur ferme, n'ont beaucoup de temps pour rêver, mais qui sait, après tout, qui sait ? L'une des choses que j'ai apprises lorsque j'ai mieux connu les femmes, c'est que toutes, quelles que soient les circonstances, gardent au fond du cœur, comme une petite lueur irremplaçable, une part de rêve.

J'y suis allé, moi, en Amérique, j'y ai voyagé et même vécu quelque temps. Plusieurs fois j'ai songé à envoyer une carte postale à Solange, mais, à la réflexion, j'ai toujours renoncé. Mieux valait, me semble-t-il, ne pas remuer certains souvenirs.

Elles n'ont pas réussi à s'arracher de cette campagne que, dans leur adolescence, elles me disaient souvent ne plus pouvoir supporter, mais à laquelle elles étaient sans doute à leur insu attachées. Et puis la vie des paysans est moins dure de nos jours. Tant de choses ont changé en un demi-siècle. Ils ont l'eau courante, des tracteurs, des autos, toutes sortes de machines.

Il y a toujours, bien sûr, les longs hivers avec le brouillard, les pluies tenaces, le froid, la boue, de brèves journées crépusculaires, et de longues nuits de gel et de lune où l'on s'attendrait presque à entendre hurler des loups.

J'espère pourtant qu'elles sont restées sensibles aux beautés d'une autre saison : la transparence de l'aube quand chantent les coqs, la fraîcheur de menthe des prés, les ombres vertes sur la rivière, l'odeur du lait, du foin, du blé, la lumière dorée du soir, le soleil couchant, rouge derrière le bois : toute la splendeur et la grâce de cet été américain que nous avons jadis partagé.